渋沢栄一と陽明学

「日本近代化の父」の人生と経営哲学を支えた学問

林田明大

ワニブックス
|PLUS|新書

まえがき

渋沢栄一が、今から五年後の二〇二四年に、新一万円札の顔となって登場することになった。渋沢栄一と言えば、「日本近代化の父」「日本資本主義の父」などと称されるように、五〇〇社もの会社の設立に力を尽くした人物として知られている。第一国立銀行（現、みずほフィナンシャルグループ）、東京株式取引所（現、日本取引所グループの東京証券取引所）など、今でも活躍中の大企業も多くある。

さらに渋沢は、以上のような経済活動の他にも、「社会福祉、教育、国際親善・民間交流の三分野を中心に多岐にわたって公的貢献をしている。（中略）渋沢が関与した社会事業その他の非営利事業が約六〇〇前後あった」（渋沢研究会編『公益の追求者・渋沢栄一』「概観　渋沢栄一・九一年の生涯とその事績」山川出版社）というから驚きだ。

だが、私に言わせて頂くなら、渋沢栄一は、「儒商の典型」と言っていい。儒商とは、儒学（儒教）を奉じその身を律する商人のことである。「儒商の先駆者」と言えば、江戸初期の「日本陽明学の祖」中江藤樹《とうじゅ》である。藤樹については、平成二十九（二〇一七）年に『評伝・中江藤樹』（三五館）を上梓させて頂いた。

ここでさらにもう一人、「儒商中興の祖」を挙げておきたい。江戸中期に江戸を拠点に活躍した大商人で、中江藤樹の高弟・淵岡山《ふちこうざん》の門流の二見直養《ふたみなおかい》である。彼らはいずれも陽明学を奉じていた。

戦前教育否定の上に成り立ってきた我が国を牛耳《ぎゅうじ》る教育界やマスコミは、陽明学や日本陽明学はもちろん、中江藤樹やその高弟の熊沢蕃山《ばんざん》に触れることは皆無に近く、淵岡山や二見直養に至っては、いずれも当時の将軍の耳元にまでその名が届いたというのに、今ではその名前さえ知られていないのが現状だ。

渋沢栄一のことに話を戻す。

私は、どちらかと言えば思想は得意なほうだが、銀行や証券会社などに代表される企業や経済には詳しくないので、先ずは、大実業家・渋沢栄一の偉大さを物語るにあたってふさわしい人物からの渋沢評を、以下披露させて頂きたい。

ちょっと長くなるが、みずほ証券退職後、作家となられた北康利《きたやすとし》氏の名著『銀行王安田善次郎』からである。※（）内は筆者注。


「渋沢は善次郎より二歳年下である。もともと農民出身だが、あることがきっかけで一橋慶喜《よしのぶ》に仕えることとなる。慶喜が将軍になると幕臣にとりたてられ、徳川昭武《あきたけ》の随員としてパリ万博を視察。維新後は大隈に抜擢されて大蔵省に入省し、度量衡《どりょうこう》（計量または計測の古い呼び方。長さと容積と重さ）の制定などに手腕を発揮したが、明治六年に官を辞して以降は実業界に身を置くこととなった。

彼が力を発揮したのは銀行界だけではない。帝国ホテル、王子製紙、東京ガス、東京海上火災保険、キリンビールなど多種多様な企業の設立に関わり、まさに我が国の資本主義の定着と殖産興業は、渋沢が実務面を引き受けたからこそなしえたと言っていいだろう。

彼ほど私利私欲がない人物も珍しい。明治十一年に岩崎弥太郎《やたろう》が自分と組もうと手を差し伸べた時も断っている。渋沢と岩崎が手を組めば、おそらく日本の財界はほぼ牛耳ることができたであろう。しかし渋沢は、自分の利益よりも、それが日本の資本主義の健全な発達を著しく阻害することを憂慮したのである。

渋沢財閥を作る気などさらさらなかった。我が国に必要だと思われる企業を自分の社会的信用で立ち上げた後は、さっさとそれらの会社の役員から降りている。彼の念頭には社会貢献しかなかった。我が国でもし最初に財界人が紙幣の肖像に選ばれるとしたら、渋沢栄一をおいてほかにないと筆者は信じる。我が国が誇るべき偉人である」(「銀行家・安田善次郎」)

最後の紙幣の肖像についての一言は、慧眼と言っていい。

渋沢栄一の偉大さが、多少なりとも御分かり頂けたであろうか。渋沢は、慶應義塾の福沢諭吉と比べられることがあるが、福沢はどちらかと言えば教育者であり言論人であるのに対し、「経営学の父」「経営の神様」などと称されるピーター・F・ドラッカー(一九〇九~二〇〇五)が絶賛するだけあって、渋沢は比類のない偉大な実業家であった。

本書では、渋沢栄一の人生哲学であり経営哲学が、儒教の経典の『論語』であったことは知られてきたものの、もう一つ、実は『論語』とは切っても切り離せない「陽明学」も学んでいた事実を説かせて頂くのである。

マスコミの怠慢からなのか作為からなのか、この事実を知る人も限りなくゼロに近いのだが、明治末から昭和初期にかけて、日本史上かつてない全国規模の一大陽明学ブームが起きていて、この時、渋沢栄一が積極的に陽明学を支持していなければ、そのブームは起きなかったかもしれないのだ。

陽明学についてご存じではない方が圧倒的に多い筈《はず》なので、先ずは、「私にとって何故陽明学なのか」についてちょっと話させて頂く。

さて、人は、薬やサプリメントを買ったり、口にしたりする場合、誰であれその効能通りの結果が出るかどうかを口コミやネットなどで確認して、アクションを起こすに違いない。あるいは、専門学校や高校・大学を選ぶ場合でも、どんな卒業生が出たのかは気にならないはずがない。一冊の本を選んだり、自己修養のツールを選ぶにしても、それらによって果たしてどんな人物が育ったのかは、大いに気になるところだ。

私の場合も、今からかれこれ五十年ほど前の十八歳の頃に陽明学と出会ったとき、まずそこに目が向いた。

「陽明学という思想は、一体どんな人物を輩出したのだろうか？」

そう思って調べずにはいられなかったのだ。ほんのちょっと調べてみただけでも、まさしく「綺羅星《きらほし》の如《ごと》く」という言葉がぴったりと思えるほど、後述するが、錚々《そうそう》たる人物の名前が枚挙に遑《いとま》がないほど挙がってきたのである。そして、これだけの偉人賢人と称される人たちが学んだのであれば、学ぶ価値があるに違いないと心底思えたのである。

本格的に調べ始めたのは、それからずいぶん時間が経ってからのこと。二十歳頃から傾倒してきたシュタイナー教育の創始者ルドルフ・シュタイナーの思想を奉じる人々の現状を見るべく渡欧中だった昭和六十一（一九八六）年のことだった。生まれて始めて、自らが日本人であることを意識し、日本人としての自覚を迫られる日々を送るうちに、陽明学研究を開始し、陽明学を自己修養のツールとして実践体得に励むことを決心したのだ。

　当初は、歴史好きなら誰もが知っている、例えば日本陽明学の祖・中江藤樹を筆頭に、熊沢蕃山《ばんざん》、大塩平八郎、吉田松陰、高杉晋作、橋本左内、西郷隆盛、佐藤一斎、山田方《ほう》谷《こく》、河井継之助《つぐのすけ》、安岡正篤《まさひろ》などといった人物について調べを進めていたのだが、今から十六、七年前になって、『論語と算盤』の名著で知られる渋沢栄一が陽明学と縁があることを知り、調査を開始したのだった。

　ところが、である。

　私は、てっきり渋沢晩年の陽明学者・三島中洲《ちゅうしゅう》（幕末・維新期の陽明学者・山田方谷の高弟で二松學舎《にしょうがくしゃ》〈現、二松學舎大学の前身〉の創立者）との出会いこそが、渋沢と陽明学との出会いであったと思って調べていたのだが、何と渋沢は、その少・青年期に、すでに陽明学に触れていたのだ。これには本当に驚いた。そして、渋沢はその晩年になって陽明学を積極的に学んだのである。

　記録によれば、渋沢は、従兄弟《いとこ》の尾高惇忠《おだかじゅんちゅう》の「知行合一《ちこうごういつ》塾」で、陽明学者・菊池菊城《きくじょう》の『論語』や尾高の講義を受けていたのである。

また、渋沢栄一生誕の地の武蔵国榛沢郡血洗島村《むさしのくにはんざわぐんちあらいじま》に関して、つい最近、井上潤『渋沢栄一』（山川出版社）を読んで驚いたことが二つある。一つは、この地域は岡部《おかべ》という小さな藩領に属しており、米でおさめるのではなく、「金納」システムがとられていたので、早い時期から貨幣経済が浸透していたのだという。もう一つ、この地域には近江商人が土着し、有力商人になった者もあったとある。近江商人は、日本陽明学の祖・中江藤樹の教えと切っても切れない関係にあったことを思えば、この地域から真摯な儒商が輩出したことの説明がつくのである。

その後、タイミングよく二〇〇三年に、渋沢栄一と陽明学について調べた成果を、会員向けの某政治月刊誌に連載させて頂くことができたのだが、あと一、二回で最終回となった頃に、急遽連載中止となってしまったのだった。というわけで、本書は、その連載記事をもとに加筆修正を加えさせて頂いたものである。

昨今、たびたび儒教の悪口を耳にすることがあるが、渋沢が『論語』を愛読し、陽明学を学んでいなければ、偉大な実業家・渋沢栄一は存在していなかったに違いないし、陽明学の祖・王陽明《おうようめい》や、没後「近江聖人」と称され人々から尊敬された中江藤樹も、『論語』や陽明学のおかげで人格形成がなされた筈なので、批判する人たちは、そうした事実をどう考えるのだろうか。

渋沢の盟友の一人で、「陰徳」をモットーにした安田財閥の祖・安田善次郎を知るにつけ、明治期の政治家や実業家に比べ、昨今の政治家や実業家が小粒になったし、モラルも低下したことは間違いない。そうなってしまったのは、『論語』に代表される儒教の経典や陽明学を学ばなくなったことと大いに関係していると筆者は思っている。戦前教育の全否定の上に育ってきた戦後の日本人は、江戸期の日本人のように、まじめに思想をしなくなって、即物的で教養主義的になってしまったのだ。昨今の日本人にとっての神道や仏教や儒教は、修養のツールとして信じるに値するものなどではなく、教養主義の範疇の一つでしかなくなったと言っていい。

渋沢が孔子・孟子の教えを信じ切っていたように、江戸時代の日本人は、神道・儒教・仏教の三教一致の思想を学び信じながら、伊藤仁斎や石田梅岩《ばいがん》ら様々な思想家を輩出した。江戸時代と言えば、平成二十八（二〇一六）年の大ヒット映画『殿、利息でござる！』をご存じだろうか。磯田道史《みちふみ》『無私の日本人』（文藝春秋）の中の一篇「穀田屋十三郎《こくだやじゅうざぶろう》」を原作とするこの映画は、後述する「日本陽明学」派の関一楽《せきいちらく》『冥加訓』を家訓とした商人達の驚くべき実話なのである。

我が国の江戸時代が、中国の清王朝や朝鮮王朝と明らかに違う点は、陽明学が積極的に受容され神道に接ぎ木され、つまり「日本陽明学」として独自の発展を遂げたことにあるのだが、日本人の心を鍛え育んでくれた「日本陽明学」も、戦後、マスコミや教科書からは無視されて今日に至っている。

とは申せ、逆説的に言えば、そんな時代だからこそ、『論語』と「陽明学」に学んだ大実業家・渋沢栄一に教えられることは多いに違いない。

令和元年六月十三日

林田明大

もくじ

まえがき　2

プロローグ　日本の近代化の成功と陽明学……18

日本の近代化成功の要因は陽明学にある／王陽明の生涯／日本は陽明学のメッカである

第1章　渋沢栄一の少・青年期の陽明学の師、菊池菊城と尾高惇忠……27

陽明学を抜きに、日本の近、現代史は語れない／陽明学を日本に復活しなければ、我が国の将来はない／その少・青年期に陽明学を学んだ渋沢栄一／五百余の企業、六百余の社会公共団体・学校の設立に関与／漂泊の陽明学者・菊池菊城／栄一の師で陽明学者・尾高惇忠／尾高塾は陽明学の知行合一を学則として掲げた／実行ということになれば、朱子学より陽明学が優れている／小島鹿之助は自宅に菊池菊城を招いて勉学した／鹿之助の漢詩の師・遠山雲如は晩年に陽明学を奉じた梁川星巌の門人であった／梁川星巌の儒学の師は、菊池菊城と同じ山本北山であった／小島家には、新選組の近藤勇らが常に出入りしていた／菊池は、最も『論語』に詳しく、終身これを講義した／菊池菊城は熊本の菊池武光の末裔であった／忠誠を持って人に接した菊池菊城／立派な家や乗り物などは絶対に欲しくない／約三十五年前に発見された菊城の遺稿の解明はこれから

第2章　井上馨と渋沢栄一 …… 67

栄一、民部省に出仕し新政府の財政改革に取り組む／大隈重信とその師、国学者で陽明学者・枝吉神陽と陽明学者・島義勇／大蔵省と司法省の対立／栄一、民部省改正掛での大活躍／栄一、井上馨とともに大蔵省を辞職／井上馨は、陽明学者・高杉晋作の片腕だった／井上は全身十三カ所を斬られ、瀕死の重傷を負う／尾高惇忠の「知行合一塾学則」

第3章　栄一の師、尾高惇忠と富岡製糸工場 …… 87

尾高惇忠、世界最大の製糸工場・官営富岡製糸工場の初代工場長に就任／工女募集で難渋／伝習工女第一号になった尾高惇忠の娘／至誠神の如し／予知したいという思いは、

私心である／〈富岡製糸工女〉の肩書きをつけることが名誉になった／尾高はいつも清貧を楽しむという風の生涯を愉快に送った／経費削減のために国内に石炭を求め、上州炭を採掘／民部省辞職後の尾高、第一国立銀行に入行／尾高、盛岡実業界のリーダーとして活躍／尾高惇忠の子孫たち

第4章　渋沢栄一と岩崎弥太郎……115

政商第一号の三井の後見人・渋沢栄一／栄一の三井と弥太郎の三菱の死闘／栄一のえらさは、士族を経済社会に引っ張り込んだこと／三菱、海運独占／弥太郎、伯父で陽明学者の岡本寧浦に師事／弥太郎、陽明学者・奥宮慥斎に師事／修行の志ある者にとって、逆境こそが修行磨練の機会だ

第5章　道徳経済合一説……131

「苦楽合一」／岩崎弥太郎、梁川星巌に会って感銘を受ける／栄一と陽明学者・三島中洲／三島中洲の「道徳経済合一説」／三島中洲、背水の陣で、二松學舎を開業／三島中洲、宮中で初めて陽明学を講じる／陽明学者・細野燕台と交遊、陽明学に傾倒した犬養毅／

三島中洲、四十三歳頃から陽明学を奉じはじめる／「見利思義（利を見ては義を思う）」／生を欲して利を好むのは、悪いことではない

第6章　論語を礎として商事を営み、算盤を執りて士道を説く……155

算盤と論語と一にして二ならず／『論語』の精神によって算盤を握られた／「大学の致知格物も、王陽明の致良知も、やはり修養である」／その青年期、修養団向上会の指導者だった倫理研究所の創設者・丸山敏雄／蓮沼門三は、会津陽明学（藤樹学）揺籃の地に生まれ育った／門三、栄一に面会を申し込む／栄一と日本のナイチンゲール・瓜生岩子と蓮沼門三／最盛期、団員百万人に達した財団法人・修養団／そのはじめに修養団で活躍した社会教育家・後藤静香／大正期の大ベストセラー『権威』／修養団運動に尽力、『論語』を愛読した作家・下村湖人

第7章　「小事即大事、大事即小事」……191

栄一、「帰一協会」を発足／清貧ゆえに世界一の望遠鏡を作ったアマチュア天文観測者W・

ハーシェル／ハーシェルは、見る訓練を積み重ねて観測を続けた／少・青年期に学問をおさめた家康／辛苦に耐えた徳川軍団は日本一強い軍団に生まれ変わっていた／知行を分けるな、分けて考えるな／順境（幸福）と逆境（不幸）はもともと一つのもの／知は行の始、行は知の成／憂患に生き安楽に死す

第8章　陽明学ブームのもう一人の立役者・渋沢栄一……217

渋沢栄一と『論語』／常に〈士魂商才〉を唱道した／渋沢栄一を非常に高く評価した「経営の神様」、ピーター・ドラッカー／昔の青年は、良師を選ぶということに非常に苦心した／映画『殿、利息でござる！』と日本陽明学／渋沢栄一は明治末に始まる日本史上最大規模の陽明学ブームに一役買った／渋沢栄一と東敬治の「陽明学会」／中国に逆輸入され、多大な影響を与えた日本陽明学／渋沢の葬儀には、皇室から勅使が遣わされ、四万人の人々が葬列を見送った

あとがき　244

『渋沢栄一と陽明学』解説　小川榮太郎（文藝評論家）　251

参考文献　260

プロローグ　日本の近代化の成功と陽明学

日本の近代化成功の要因は陽明学にある

陽明学について講演をした後に、よく質問されることがある。

「先生は、なぜ陽明学に興味を持たれたのですか」

私は次のように答えることにしている。

「江戸初期の中江藤樹《とうじゅ》以来、陽明学にインスパイアされた錚々《そうそう》たる人々が綺羅星《きらほし》のごとくに登場してきました。熊沢蕃山《ばんざん》、浦上玉堂《うらがみぎょくどう》、北島雪山《せつざん》、細井広沢《こうたく》、佐藤一斎、吉田松陰、高杉晋作、西郷隆盛、山田方谷《ほうこく》、河井継之助《つぐのすけ》、東郷平八郎、広田弘毅《こうき》、安岡正篤《まさひろ》しかりです。

彼らを抜きにして日本の近、現代史は語れません。そんな彼らに多大な影響を与えた、彼らの人格を陶冶《とうや》した陽明学には、きっと学ぶに足る何かがあるに違いない、こう思ったわけです。

であるのならば、彼らが学んだところの陽明学を学び体得することで彼らにあやかれるのではないか、そう思って陽明学を学び始めたのです」

と。

そして、ことあるごとに、私はこう言うことにしている。

「陽明学は、今や日本のお家学問である」

すると、当然のことながら、

「陽明学は、日本の学問ではなくて、中国の学問ではないのですか」

と切り返されてしまうわけだが、この私に面と向かって言わなくても、きっと心の中ではそう思っている人がほとんどであろう。

確かに、中国は明の時代のほぼ中期に生き活躍した王陽明《おうようめい》という文武不岐《ふき》（文武は元々一つの意）の達人が陽明学の創始者なのだから、中国が本家本元であることはいうまでもない事実である。

であるにしても、江戸初期の儒学者・中江藤樹を日本陽明学の祖として、今日に至るまで陽明学を継承し続けてきたのは、われわれ日本人であり、日本国なのである。

その一つの証明ともいえる共通認識がある。

というのも、

「明治維新後の日本の近代化や経済成長の成功の要因こそは、陽明学である」

という認識は、アジアの学者のみならず、世界中の儒教研究者の一致した見解なのである。

王陽明の生涯

王陽明について触れておく。

中国でも、英語圏でも、「ワン・ヤンミン」と発音する。「おう・ようめい」では通じない。人名辞典には、「明代の儒学者、政治家」「明の大儒」などとあるが、明王朝のほぼ中期に活躍した、中国には非常に珍しい文武不岐の達人であった。文武不岐に関しては、後述する。

王陽明は、一四七二（成化八）年九月三十日、浙江省余姚県《せっこうしょうよようけん》に生まれた。名は守仁《しゅじん》。十五歳の頃、朝廷に治安についての献策をした。十七歳で結婚。十八歳のとき、聖学を婁諒《ろうりょう》（実践を重んじる朱子学者）に学ぶ。一四九八年、二十七歳のとき、京師《けいし》（北京）にあって兵法を独学、翌年進士（科挙の殿試に合格した者の総称）に及第する。

いわゆる陽明「学の三変」とは、少年の頃、辞章《じしょう》（詩文）に耽溺《たんでき》し、その後、禅仏教、道教（老荘）に出入りし、後述するが、三十五歳のときに、貴州の龍場《りゅうじょう》に謫《たく》せられたが、その龍場で聖人の学を自得、儒学に復帰したことを指す。

また、陽明「教の三変」とは、陽明の帰儒後、その教えが三回変化したことをいい、三十七歳から四十二歳までは特に「知行合一《ちこうごういつ》」説を力説し、四十三歳から五十歳頃までは、もっぱら静坐を進め、五十歳以後には「致良知《ちりょうち》」説に力を入れていることを指す。

そして、「知行合一」説、「心即理《しんそくり》」説、「致良知」説は、「陽明学の三大綱領」とされている。

二十九歳のとき、刑部（今で言う法務省）雲南清吏司主事《うんなんせいりししゅじ》に任官した。国政の乱れも手伝い、激務の役職だった。

三十歳のとき、無理がたたって、肺病にかかる。

一五〇六（正徳《せいとく》元）年、三十五歳のときに、時の権力者・劉瑾《りゅうきん》を弾劾したことで廷杖《ていじょう》の刑（棒打ち五十回の刑）を受け、文化果てる未開の山間の地、貴州の龍場に流罪となった（最古の王陽明の伝記『王陽明先生図譜』参照）。

陽明は、その僻地龍場で、「聖人の道はわが心の中に備わっている」（「心即理」説）ことを大悟、「格物致知《かくぶつちち》」についての長年の疑問が氷解、その悟境を「五経臆説《ごきょうおくせつ》」に著す。

一五〇九（正徳四）年、三十八歳のとき、「知行合一」説を説く。

翌年、江西廬陵《ろりょう》の知県（県知事）を拝命、龍場を後にした。

一五一二（正徳七）年、南京太僕寺少卿《たいぼくじしょうけい》（牧馬を扱い、兵部の求めに応じる役所の副長官）に昇り、一五一四（正徳九）年、四十三歳のとき、南京鴻臚寺卿《こうろじけい》（政府の賓客を接待し、国の典礼を扱う役所の長官）に昇る。

一五一六（正徳十一）年、四十五歳のとき、都察院左僉都御史《とさついんさせんとぎょし》（大臣以下、すべての官吏の罪過を糾明し、暴徒の反乱などを取り締まる役職である都御史の下で事務を行う）に抜擢され、翌年、福建省南部山岳地帯、江西省広東省境、湖北省南部の流賊を平らげた。

一五一八（正徳十三）年、四十七歳のとき、広東省北部の九連山脈の山中の賊を討伐、都察院右副都御史《うふくとぎょし》（都察院の副長官の次席。上席は左副都御史）に昇進、『古本《こほん》大学』、『朱子晩年定論《ていろん》』、『伝習録《でんしゅうろく》』（現在の「伝習録」上巻に当たる部分）が刊行された。

一五一九（正徳十四）年、陽明（四十八歳）にとって生涯の大事件、「寧王宸濠《ねいおうしんごう》の乱」が起きたが、義勇兵を募り、兵を挙げてからわずか十四日間で大乱を平定した。

が、陽明の功績をねたむ皇帝の側近達から、陽明に謀反の意志があるなどと中傷され人生最大の窮地に陥るも、友人達に救われる。

一五二一（正徳十六）年、五十歳のとき、「致良知《ちりょうち》」説を唱え、同年、新建伯《しんけんぱく》（江西省及び南昌府《なんしょうふ》が治める新建県の伯。伯は封爵名）に封ぜられ、南京・北京の兵部尚書《へいぶしょうしょ》と光禄大夫《こうろくたいふ》（朝廷の顧問）の兼務を命じられた。陽明は名誉を回復し、今で言う国防副大臣の地位に上りつめたのである。

一五二五（嘉靖《かせい》四）年、五十四歳をもって、越城《えつじょう》（現、紹興）に陽明書院を建てる。

五十六歳の年の一五二七（嘉靖六）年九月、出陣を前に、銭緒山《せんしょざん》と王龍渓《りゅうけい》の二人に「四句教《しくきょう》」を説く。翌一五二八（嘉靖七）年、思恩《しおん》・田州《でんしゅう》（広西省）の賊を戦うことなく征討、同地域に学校を興す。八寨《はっさい》・断藤《だんとう》峡（広西省）の諸流賊を平定、その帰路、持病の肺病が悪化、十一月二十九日、五十七歳をもって南安《なんあん》（江西省）に死す。諱《いみな》を文成《ぶんせい》という。

王陽明没後、弟子たちは、大別して二派に別れた。一つは、銭緒山に代表される朱子学寄りの陽明学右派で、もう一つは王龍渓に代表される「三教一致（儒・仏・道の教えは元々一つであるとする立場を言い、禅学寄りとも称される）」の陽明学左派である。

我が国で三教一致という場合は、儒・仏・神を言う。陽明学左派については、後述する。

日本は陽明学のメッカである

中国では、王陽明亡き後、王龍渓を中心に陽明学の最盛期を迎えるが、やがて明王朝の滅亡とともに衰退していった。

その後、中国の政治権力を手中に収めた共産主義者たちが、学者を殺し、文献を燃やすという愚民政治を行ったことで、儒学を代表とする中国の伝統文化は決定的なダメージをこうむり、今日に至っている。

そして現在、中国は、四分五裂《しぶごれつ》を避けるべく、儒学による国内再統一を目指し、特に陽明学に注目し、日本の儒学者や日本にある儒学の文献に多くを期待し、学者や学生の日本への留学を奨励しているのである。

儒教文化圏の一方の雄の朝鮮では、朝鮮儒学界の最高峰と称された李退渓《りたいけい》（一五〇一～七〇）以来「朱子学一尊主義」を貫いてきた。そのために、陽明学の徒は地下に潜ってしまい、その後もささやかに学ばれるにとどまった。

しかし、近年になって韓国も、過去の「朱子学一尊主義」の過ちに気づき、日本に見習え追い越せといわんばかりに、陽明学の受容に積極的となった。やはり、韓国からも留学生たちが日本にやってくる。

日本人は、中江藤樹以来陽明学を積極的に受け入れ、自家薬籠中《じかやくろうちゅう》の物としてきた。つまり、いまや日本こそが陽明学のメッカになったのである。

日本が陽明学のメッカになった理由の一つに、禅の存在がある。実は禅があったからこそ、その後伝来した陽明学が日本に根付き花開くことができたのだ。

世界的な禅のマイスターとして知られる鈴木大拙《だいせつ》が西田幾多郎《きたろう》の親友であったことは衆知の事実であるが、実は両者共に陽明学の影響を受けている。こうした話も、本書のテーマの一つである。

第1章

渋沢栄一の少・青年期の陽明学の師、菊池菊城と尾高惇忠

菊池菊城の肖像（佐藤正心氏蔵／小島資料館提供）

陽明学を抜きに、日本の近、現代史は語れない

ここで、官僚・政治家（経世家）を中心に、以下陽明学にインスパイアされた人物を思いつくままにピックアップしてみた。

経世家を中心とした日本陽明学派の人々

●日本陽明学の祖・中江藤樹《とうじゅ》 ●対馬聖人・陶山訥庵《すやまとつあん》 ●岡山藩主・池田光政 ●日本一の経世家（政治経済のコンサルタント）で陽明学者・熊沢蕃山《ばんざん》（中江藤樹の高弟） ●陽明学者で当時日本一の書家・北島雪山（細井広沢《こうたく》の師） ●陽明学者で書家・細井広沢 ●熊沢蕃山の高弟で公卿・中院通茂《なかのいんみちしげ》 ●豊後《ぶんご》岡藩主・中川久清 ●岡山藩士・河上忠晶《ただあき》（黒住教開祖・黒住宗忠の高弟） ●岡山の豪商・陽明学者・河本一阿《こうもといちあ》 ●津藩陽明学の祖・石河咸倫《いしかわかんりん》（一説に石川咸倫） ●日本陽明学中興の祖・三輪執斎《しっさい》 ●江戸中期の経世論家・林子平 ●赤穂《あこう》義士の吉田忠左衛門と木村岡右衛門 ●大坂町奉行与力・陽明学者・大塩平八郎 ●江戸後期の陽明学者・佐藤一斎 ●但馬聖人・池田草庵 ●

多度津《たどつ》藩家老・陽明学者・林良斎　●筑前秋月藩主・黒田長元《ながもと》　●斗南《となみ》藩権大参事・山川浩（会津藩士）●出羽上山《かみのやま》藩家老・金子得処《とくしょ》　●幕末期、備中松山藩の財政改革に成功した陽明学者・山田方谷《ほうこく》　●西郷隆盛が生涯を通じて尊敬していた福井藩士・橋本左《さ》内《ない》　●吉田松陰に陽明学を教えた平戸藩中老・葉山佐内　●浮世絵師・葛飾北斎の後援者で信濃の豪農・高井鴻山《こうざん》　●佐賀藩主・鍋島閑叟《かんそう》　●佐賀藩権大参事・前山清一郎　●九州一の陽明学者といわれた佐賀藩士・永山貞武　●詩人として有名な志士・米沢藩士・雲井龍雄　●長岡藩の財政改革に成功した陽明学者・河井継之助《つぐのすけ》（山田方谷の高弟）　●長州藩士・吉田松陰　●長州藩士・高杉晋作（吉田松陰の高弟）　●藤田組創始者・藤田伝三郎　●陸軍大将・学習院長・乃木希典《まれすけ》　●二松學舍大学の創立者・三島中洲《ちゅうしゅう》　●幕末期の詩人・梁川星巌《やながわせいがん》　●豊後岡藩士・小河一敏《おごうかずとし》　●坂本龍馬や高杉晋作らが私淑した思想家・横井小楠《しょうなん》（熊本藩士）●土佐陽明学の開祖・奥宮慥斎《おくのみやぞうさい》　●司法界で活躍した陽明学者・尾崎忠治　●警視総監・西山志澄《ゆきずみ》　●自由民権思想家・中江兆民　●法曹界で活躍した小畑美稲《おばたうましね》　●三菱財閥創始者・岩崎弥太郎　●民権家判事の名を得た中尾捨吉　●陸軍元帥・西郷隆盛　●海軍元帥・東郷平八郎　●明治前期の指導的政治家・

大久保利通　●大正期の財界の長老的存在の馬越《まごし》恭平　●陸軍大将・井上光　●宇部セメント社長・渡辺祐策《ゆうさく》　●宇部財界の巨頭・藤本閑作《かんさく》　●京都府知事・北垣国道　●文部大臣・浜尾新《あらた》　●奈良県知事・陽明学者・春日潜庵《せんあん》　●国学者・枝吉経種《えだよしつねたね》（副島種臣の兄）　●マスコミ人・衆議院議員・末広鉄腸《てっちょう》　●西郷隆盛の信頼を得ていた名古屋藩士・田宮如雲《じょうん》　●名古屋藩士・鬼頭忠次郎　●宇都宮藩権大参事・岡田真吾　●鳥取県権令・元老院議員・河田景与《かわだかげとも》　●哲学館（後の東洋大学）講師・陽明学会主宰・東敬治《ひがしけいじ》　●明治新聞界の元老・栗本鋤雲《じょうん》　●政党政治家・犬養毅《つよし》　●明治の海軍軍人・広瀬武夫　●相州自由民権運動の父・小笠原東洋　●大正・昭和期の外交官・政治家・広田弘毅《こうき》　●「日本近代化の父」と称された実業家・渋沢栄一　●北大路魯山人《きたおおじろさんじん》の育ての親・陽明学者・煎茶家・細野燕台《えんだい》　●歴代首相の指南役と称された昭和の陽明学者・安岡正篤《まさひろ》

とはいえ、これらはほんの一部である。

政財界に限らずということであれば、影響を受けた人も含め、以下を挙げておきたい。

明治期のキリスト教の代表的指導者・植村正久《まさひさ》、明治・大正期の真宗大谷派（東本願寺派）の僧・石川舜台《いしかわしゅんたい》ら宗教家、南宗画家・田能村直入《たのむらちょくにゅう》、日本画家・富岡鉄斎、伊東深《しん》水《すい》ら芸術家、詩人で評論家の北村透谷《とうこく》、中江藤樹の研究家として知られた西晋一郎、倫理研究所の創設者・丸山敏雄、九州大学名誉教授の岡田武彦博士と荒木見悟《けんご》博士ら教育者や学者にも多い。

余談ながら、私のデビュー作『真説「陽明学」入門』執筆時には、岡田武彦博士に随分お世話になったものである。一九九七年八月の「国際陽明学京都会議」にも、実践部会の一員として抜擢して頂いた。その岡田博士も、二〇〇四年十月に享年九十五でご逝去なさった。ご冥福をお祈りしたい。博士がご執筆になった大作『王陽明大伝』全五巻が、『岡田武彦全集』の第一巻から第五巻という形で明徳出版社から刊行された。これ以上は無いという王陽明の伝記の決定版なのである。第一巻は二〇〇二年十二月に、続く第二巻は二〇〇三年春の刊行、第五巻は二〇〇五年十月に発刊され、『王陽明大伝』の完結を迎えた。

そして、近年では、京都大学大学院経済学研究科の吉田和男教授（肩書きは二〇〇三年当時のもの）を挙げたい。

吉田教授は、大蔵省出身の経済学者で、小泉内閣時代の竹中平蔵金融・経済相率いる「竹中チーム」を構成する民間有識者五名の一人である。

実は、吉田教授にはもう一つ別の顔がある。陽明学を学び合う私塾「桜下塾」を平成八（一九九六）年京都に開講、主宰されているのだ。また、その多くの著書の中には、『桜の下の陽明学』（清流出版）、『日本人の心を育てた陽明学』（恒星出版）が含まれている。

吉田教授は、陽明学についての個人的な思いをこう述べている。

「〈なぜ、陽明学か〉と聞かれることが多いのですが、私は陽明学を道徳とも宗教とも捉えていません。これが〈桜下塾〉に来られる方の一部にある不満な点でもあるようです。すなわち、多くの方は自分の生き方について〈答え〉を求めてきている場合が少なくありません。しかし、私は〈陽明学で答えを出すのではなく、考えてください〉と話しています。

また、私にとって、今日の社会問題を考えるのにもっとも重要なものの考え方が陽明学ですが、陽明学以外を否定するものではありません。〈心〉を忘れている日本人に〈良知〉を思い起こさせることに期待しているのです」（『桜の下の陽明学』あとがき）

私はといえば、吉田教授の言葉を借りるなら、陽明学は少なからず道徳的であり、宗教的であると思っている一人である。陽明学によって、自分を含めた人々のモラルの向上に資することを確信している一人なのである。

陽明学に対する理解の仕方やコミットメントの仕方が各人各様であることは、江戸期にもあったし、いつの時代にもあることであり、何も陽明学に限った話ではない。私としては、互いの違いを認めながらも、汚泥のような（失礼）政界に身を投じられた吉田教授の自己犠牲の精神に、また陽明学を貴ぶお心に敬服するのみである。

陽明学を日本に復活しなければ、我が国の将来はない

さらに、陽明学を称揚される吉田教授の主張を要約すれば、以下のようになる。

「現在、日本社会が悲劇的な状況に陥っているのは、日本の指導者層に精神的なバック

ボーンがなくなったことにある。日本の指導者層に必要な精神的バックボーンこそが、江戸末期ころまで日本人の精神を育んできたところの陽明学である。陽明学を日本に復活しなければ、日本の将来はない」（『日本人の心を育てた陽明学』参照）

明治期以前の江戸期に蓄積されてきた「日本人の精神」を、陽明学を学ぶことによって取り戻さなければならない、と吉田教授は語る。

同感である。

言い換えるなら、『台湾人と日本精神』（小学館）の著者で実業家・蔡焜燦《さいこんさん》氏や金美齢氏ら台湾人が言うところの、

「かつて台湾を統治していた頃の日本人が有していた崇高な日本精神《リップンチェンシン》」こそ、神道や禅や陽明学によって育まれたものなのである。

その少・青年期に陽明学を学んだ渋沢栄一

本書は、昨今の経済至上主義の風潮を考慮して、陽明学を学んだ財界人を代表して渋

沢栄一を取り上げる試みである。

先に触れた吉田教授は、経済学や国際政治学の専門家である。でありながらも、陽明学の復権を主唱してやまない。その点で、かつて経済と道徳（儒学）の合一の必要性を訴え続けた渋沢栄一を想起させるのだが、さらに興味深いことに、渋沢は陽明学を学んでいた。

とはいえ、渋沢栄一がその少・青年期に陽明学を学んでいたことは、ほとんどといっていいほど知られていない。

この私自身、平成十三（二〇〇一）年春に新宿から埼玉の地に転居してきたこともあって、かねてより気になる存在であった渋沢栄一の研究に取り組みはじめてまず気づいたことであった。

渋沢栄一といえば、未だに版を重ね続けているその著書（実際は、講演録である）『論語と算盤』（国書刊行会）がすぐさま思い浮かぶが、渋沢は、明治から昭和にかけて、わが国の政・財界、さらには社会公共事業に偉大な業績を遺し、「日本近代化の父」「株式会社の父」などと謳われた偉大な人物である。

「右手に算盤、左手に論語」などということを言った人は、これまで儒教の本場の中国にもいないらしい。

そして、儒教をかっこよく説きながら、自分は勝手なことをしている経営者が多い中で、渋沢栄一は、まさしく本物であった。

五百余の企業、六百余の社会公共団体・学校の設立に関与

まずは、簡単に渋沢栄一のプロフィールに触れておく。

渋沢栄一（一八四〇～一九三一）は、号を青淵《せいえん》という。天保十一年、利根川流域の一小村の武蔵榛沢《はんざわ》郡血洗島《ちあらいじま》村の養蚕《ようさん》・藍玉《あいだま》の製造販売と米・麦・野菜の生産も手がける豪農・渋沢市郎右衛門（晩香）と母・エイの長男として生まれた。

文久三（一八六三）年、尊皇攘夷論に共鳴して志士と交わり、従兄の尾高惇忠《おだかじゅんちゅう》、同じく従兄の渋沢喜作らと共に慷慨《こうがい》組を組織して挙兵を企てるも、中止し、京へ上り、一橋家に仕える。次いで幕臣となり、一八六七年、パリ万国博覧会に出席する徳川昭武《あきたけ》（徳

川慶喜の弟。翌年水戸藩主となる）に随行してヨーロッパに留学する。翌年帰国、日本最初の合本《がっぽん》組織（株式会社）である商法会所を設立。翌一八六九年、大蔵省に出仕、井上馨《かおる》を補佐した。

以下は、深澤賢治『澁澤論語をよむ』（明徳出版社）を参照させて頂いた。深澤賢治氏とは、幾度か面識がある。深澤氏は、警備業界では名の知られた（株）シムックス（群馬県太田市）の社長（現、名誉会長）であり、かつ渋沢論語の愛読者として、実業と渋沢論語の精神との一体化を目指しておられる、実に頼もしい方なのである。

渋沢栄一のことに話を戻そう。

明治六（一八七三）年退官、実業界に入り、第一国立銀行をはじめ、第一勧業銀行、東京海上火災保険、王子製紙、石川島播磨《はりま》重工、古河電工、いすゞ自動車、秩父セメント、日本セメント、日産化学、東京瓦斯《ガス》、東洋紡績、キリンビール、帝国ホテル、清水建設、東京電力、帝国劇場、日本航空などを設立するなどして、関係各社五百余に及ぶ財界の指導者となる。

さらには、毎日新聞社、東京商工会議所、斯文会《しぶん》（湯島聖堂）、修養団、一橋大学、日本女子大学、早稲田大学、二松學舍大学、日仏会館、東叡山寛永寺、諏訪神社といった教育・社会・文化の各方面の社会公共事業にも貢献した。その数、約六百の団体・学校の設立・運営に深く関係したといわれている。

漂泊の陽明学者・菊池菊城《きくじょう》

その少・青年期の陽明学との出会いについてである。

渋沢栄一の陽明学の師は二人いる。

まずは、菊池菊城である。知る人ぞ知るといった陽明学者であるが、一般的には、漂泊の儒学者として、新選組（新撰組も可）の近藤勇《いさみ》の友人であり尾高惇忠や渋沢栄一の師として歴史にその名を残している。現在調べを進めているが、未だ下記以上に詳しいことは分からない。

菊池菊城（一七八五〜一八六四）は、名を武睿《たけあき》、通称を政太郎という。人名辞典などには、「教育者・遊歴の儒者」「漂泊の儒学者。手習師匠」とある。

武州埼玉郡台村《だいむら》（現、埼玉県久喜市、旧・菖蒲町）に生まれている。青年期に、江戸へ出て折衷学派（古学・朱子学・陽明学など先行各派の諸説を折衷した江戸中期の儒学の一派）の山本北山《ほくざん》に師事、修学後、真の教育者を志し、学ぶに師なき寒村僻地を自ら求めて諸国を遊歴、子弟を集めて教授したという。

私は、この菊池菊城の生き方を知っていたく感動した。昨今、誰もが、国立大学の学長であり、かつ文部大臣（現、文部科学大臣）のような地位にあった佐藤一斎のようなエリートになるべく、トップを目指して苦学する中で、ひたすら観音行ともいえる地べたを這うような生き方を目指したのである。

その遊歴先は、武蔵（埼玉県と東京都、神奈川県の一部）をはじめとして、伊豆（静岡県の東部）、駿河（静岡県中部）、甲斐（山梨県）、越中（富山県）、越後（佐渡を除く新潟県）の諸国に亘《わた》った。

菊池は、安政年間（一八五四〜六〇／天保末期から弘化二年までの説もある）に、武蔵榛沢郡血洗島村の栄一の伯父の三代目・渋沢宗助宅に私塾・本材精舎《ほんざいしょうじゃ》を建てて教授した。閉塾後にも、この地を訪れて講義をしている。

嘉永四（一八五一）年、多摩郡小野路村（現、東京都町田市）の小島家に招聘《しょうへい》されて子弟の教授に当たった。

晩年には、相州《そうしゅう》（川崎、横浜を除く神奈川県）愛甲郡田代《たしろ》村（現、同県愛川町）を中心に活躍し、中津川渓谷の奥地の村々でも講義をした。半原《はんばら》村（同町）の染谷家は、菊池が最後の講義をした家だといわれ、菊池の教えを受けた者は、三千人に及ぶという。

尊皇攘夷運動燃え盛る中、文久四（一八六四）年、菊池は、相模の山中で大雪に遭い道に迷ってしまう。翌朝、猟師に救われるも、二月十四日、相州愛甲郡荻野《おぎの》村で客死した。享年七十九。墓は、愛甲郡愛川町勝楽寺にある。

菊池は、栄一が十四～十五歳頃までは、月に何度か従兄の尾高惇忠の家に来ていたので、栄一は、都合三～四回は、菊池の『論語』の素読と講義を受けたという。万延元（一八六〇）年、渋沢二十一歳のときの説もある。

栄一の師で陽明学者・尾高惇忠

二人目は、陽明学者・尾高惇忠である。

栄一の父の姉夫婦の三男で、栄一より十歳年長の義兄であった。

渋沢栄一は、六歳から書物を読み始めた。父に句読《くとう》を授けられて、『孝経』『大学』から『中庸』に、そして『論語』へと進み、『論語』の泰伯《たいはく》篇まで習い、七〜八歳のときからは、この尾高惇忠に就いて習うことになったのである。

栄一は、後に『渋沢論語』にこう述べている。※（　）内は筆者注。

「余は七歳の時（『雨夜譚』では六歳のとき）に実父より三字経《さんじきょう》を教えられ、次に従兄の尾高藍香《らんこう》（惇忠の号）より大学・中庸・論語・孟子の四書句読を授けられ、その従兄の妹を後に娶《めと》って荊妻《つま》（愚妻）となした因縁にも依りて、論語に親しむ発端を開いたのである」

栄一（十九歳）は、安政五（一八五八）年に、この従兄・尾高惇忠の妹、千代《ちよ》を妻に娶るのである。

渋沢栄一は、学問だけを修めたわけでは決してない。

ここで、栄一の剣術修行についての話である。

榛沢郡は、文武修行が盛んな土地柄で、栄一は、従兄の渋沢新三郎（長徳）に神道無《しんとうむ》念流《ねんりゅう》の剣を学んだ。渋沢新三郎は、川越藩の師範役・大川平兵衛の門人で、神道無念流の免許皆伝を得た剣客として当時知られていた。

神道無念流といえば、すぐさま幕末・維新期の剣客・斎藤弥九郎《やくろう》の名が挙がる。斎藤弥九郎の弟子には、元・大村藩士（現、長崎県大村市）で、会計検査制度を確立して功績のあった子爵・渡辺昇、吉田松陰の高弟の高杉晋作・品川弥二郎・桂小五郎（木戸孝《たか》允《よし》）らがいる。

ほかにも神道無念流には、新選組の永倉新八《しんぱち》、長岡藩の剣術隊長・根岸信五郎（牧野信五郎）、その根岸の弟子で後継者となり、最後の剣豪といわれた中山博道《ひろみち》がいる。実はかく言う私も、小学生の頃に数年間、諫早（長崎県）で中山博道の弟子・寺井知高《ちこう》八段範士に剣道を学んだことがある。

神道無念流は、通常の剣道の動きが、主に前後に動くのに対して、左右に動くのを特徴としている。

また、この流派の極意といわれる言葉を挙げておく。

「剣は手に従い、手は心に従う。心は法に従い、法は神に従う。練磨これを久しうすれば、剣は手を忘れ、手は心を忘れ、心は法を忘れ、法は神を忘る。至れりというべし」

まさしく「知行合一」を髣髴《ほうふつ》とさせる言葉である。詳しい説明は後述させて頂く。

尾高塾は陽明学の知行合一を学則として掲げた

尾高惇忠（一八三〇〜一九〇一）は、天保元年七月二十七日、榛沢郡下手計《しもてばか》村（現、埼玉県深谷市）の名主・尾高勝五郎の三男として生まれる。通称を新五郎といい、号を藍香という。

書を渋沢宗助に学び、嘉永年間（一八四八〜一八五四）に菊池菊城に師事し儒学を学んだだけで、ほとんどを独学で修めたにもかかわらず、学者として近郷に隠れなき声名を博したという。

十四～十五歳頃までは、読書、撃剣、習字に明け暮れ、以後は、農業、商売にも尽力した。尾高は、家業の農業と藍玉商売の傍ら、弘化四（一八四七）年から慶応四（一八六八）年頃まで、寺子屋併存の私塾・尾高塾を開き、「陽明学の知行合一を学則として掲げ」（埼玉県教育委員会編『埼玉人物事典』埼玉県）近郷の子弟を教育した。

繰り返しになるが栄一は、この尾高塾で学んだのである。

陽明学者・熊沢蕃山の思想を重視することで知られる水戸学に傾倒していたという尾高惇忠は、慷慨組の首謀者となり、文久三（一八六三）年、渋沢栄一や渋沢喜作（成一郎。栄一の父・晩香の兄の子）たちと高崎城乗っ取り、横浜異人館焼き討ちを計画するも、天下の情勢に通じた弟・尾高長七郎（一八六二年の老中・安藤対馬守《つしまのかみ》信正《のぶまさ》襲撃計画に関係していた）の意見を入れて、計画を断念する。その後、慶応三（一八六七）年一月、栄一は徳川昭武（慶喜の弟）の会計係を任務とする従者として、パリ万国博覧会に派遣され、翌年八月に帰国している。

明治元（一八六八）年、尾高は渋沢喜作らと共に彰義隊に加盟したが、後に脱退、喜作らと共に振武軍を結成、副将となり、五月、飯能《はんのう》（埼玉県南西部）で官軍と戦い敗走、弟の平九郎（栄一の養子）は黒山で自刃した。平九郎（二十二歳）は、文武を弁えた美青年であったという。一方の渋沢喜作と尾高惇忠はというと、飯能戦争で逃げのび、惇忠は帰郷、喜作は函館の榎本武揚の軍に入るも、官軍に降伏後、またもや逃走した。『五稜郭物語』によれば、喜作の榎本軍での評判はすこぶる悪い。

前述した神道無念流の使い手の斎藤弥九郎、実は、彰義隊の首領に推されたが、尊皇の大義を主張してこれを拒否し、その後新政府に出仕している。

実行ということになれば、朱子学より陽明学が優れている

前項に引き続き、渋沢栄一の義兄で従兄で、かつ師で陽明学者であった尾高惇忠（藍香）の人となりについてである。

その前に、少し補足をしておきたい。

というのもその後、王子駅前にある「渋沢史料館」を訪ねて、井上潤《じゅん》・学芸部長（二〇〇三年当時）にお話を伺ううちに、突如として菊池菊城についての調べが進んだのだ。

井上氏の話によれば、一九八〇年代に、ちょうど今の私のように、菊池菊城に注目し地道に調査した方がいたというのである。

その人物というのは、当時、青淵渋沢栄一記念事業協賛会副会長だった吉岡重三《じゅうぞう》という方である。そして井上氏のご尽力でその吉岡氏の小論文を探し出して頂いた。

さらに、当時、この吉岡氏の呼びかけに応えて菊池菊城の情報収集に努められたという郷土歴史研究家・植村喜代子氏の一文も手にすることができた。

もちろん、お二人だけの手柄ではなく、多くの方々が情報を寄せられた結果との事であるが、ともあれ、この場を借りて、まずはお二人に感謝の意を表させて頂く。

吉岡氏の調査によれば、菊池のご子孫宅、菊池終焉の地である神奈川県愛甲郡、菊池が招聘されて出入りしていたという東京都町田市の旧家の小島家などに著作や遺品などが保存されているというのである。

まず冒頭これは述べておかねばならない。

栄一が十四、五歳頃に聞いた菊池の講話の中でも、

「学を誇るよりも、実行に勉めなければならない。実行ということになれば、朱子学よりも陽明学のほうが優れている」（渋沢栄一『論語を活かす』参照）

という言葉が特に印象に残ったのだという。

栄一は、『論語』のみならず、確かに菊池を通じて陽明学を知ったのである。と同時に、後述するが、菊池の豪放な人柄や損得を超越した生き方にも大いに影響を受けたに違いない。

小島鹿之助は自宅に菊池菊城を招いて勉学した

まず以下は、現、小島家二十四代当主・政孝氏に伺った話である。現在、町田市小野《おの》路《じ》町で小島資料館を営んでおられる。※（　）内は筆者注。

「小島家十八代の小島政敏が若い頃に山本北山《ほくざん》（菊池菊城の師。折衷学者）を訪ね、そ

のときに揮毫《きごう》してもらった扁額《へんがく》〈博愛堂〉が代々書斎の号となっています。

政敏は、和歌を学び、小山田与清《おやまだともきよ》（後期水戸学に影響を与えた国学者。考証学者）や猿渡盛章《さわたりもりあき》（武蔵国の神社誌の研究に尽力した国学者）や容盛《ひろもり》（猿渡盛章の子）らと交友がありました。

また、北山の弟子・大窪詩仏《おおくぼしぶつ》（江戸後期を代表する漢詩人）なども小野路の里（小島家）を訪れています。

政敏の孫・鹿之助は、その青年期に自宅に菊池菊城を招いて勉学し、漢詩は遠山雲如《うんじょ》に学びました。雲如没後は、大沼沈山《ちんざん》（漢詩人）に学んでいます」

小島鹿之助は、尾高惇忠と同い年であった。

上記の政孝氏の話から、菊池菊城と小島家の縁は、北山と直接面識のあった十八代当主・政敏がきっかけだったと推測されよう。北山については、後述する。

鹿之助の漢詩の師・遠山雲如は晩年に陽明学を奉じた梁川星巌の門人であった

陽明学ということで言えば、注目すべきは遠山雲如（一八一〇〜六三）である。漢詩人で勤王家・梁川星巌の門人であり、それも門人中の門人といってよかった。

実は、梁川星巌（一七八九〜一八五八）は、弘化三（一八四六）年、五十八歳で京都に移り住んで、六十二歳のとき、自分より二十二歳も若い四十歳の春日潜庵という陽明学者に師事、

「道学を聞くことの晩《おそ》きを悔ゆるなり」（『心史』）

と嘆じ、以後陽明学を奉じ、志士の仲間入りを果たした。

星巌は、師の潜庵が信奉した明末の陽明学者・劉宗周《りゅうそうしゅう》（蕺山《しゅうざん》）を崇拝したという。劉宗周は、幕末期の志士たちが特に好んだ陽明学者で、今で言うアイドル的な存在であった。

星巌門下は、宇田栗園《りつえん》、池内陶所《いけうちとうしょ》（大学）、越後の佐藤惺庵《せいあん》、信濃の豪農・高井鴻山（葛飾北斎の門人でスポンサー）といった著名な陽明学者達を輩出した。星巌は単なる漢詩

人などではなく、それだけ陽明学を学びかつ称揚していたといえよう。

そんな星巌を慕ってやまなかったのが遠山雲如で、その晩年には江戸から京都に転居して星巌と隣り合って暮らそうとしたが、星巌はコレラで亡くなってしまう。やむなく鬱々《うつうつ》とした日々を過ごしながら諸国を漫遊、五、六年後に五十四歳の若さで没している。

雲如は、師・星巌によほど共感したようで、『星巌集』を校正している。また、星巌が生前計画していた淡路への旅も一人実現している。星巌を敬愛した雲如は、星巌がよしとした陽明学をも学んだのではないだろうか。そう考えたほうが無理が無い。

小島政敏の二人目の漢詩の師・大沼沈山は、梁川星巌の玉池吟社《ぎょくちぎんじゃ》のメンバーであった。吟社とは、詩歌を作るための結社である。

梁川星巌の儒学の師は、菊池菊城と同じ山本北山であった

興味深いことには、梁川星巌の儒学の師は、菊池菊城と同じ山本北山なのである。星巌は、十九歳で江戸の山本北山に師事し、同じ頃に大窪詩仏らと交わっている。

ここで、山本北山について触れなければならない。

山本北山（一七五二〜一八一二）は、寛政異学の禁に強く反対し、亀田鵬斎《ほうさい》らと共に五鬼と称された江戸後期の折衷学派の下町儒者の一人である。江戸の人で、折衷学派の井上金峨《きんが》（亀田鵬斎の師）の門人であるとする説もあるが、鵬斎の撰になる碑文には金峨の名に触れられていない。

十五歳のときに師につき『孝経』を学び、その後は四書五経を独学で修めた。荻生徂徠《おぎゅうそらい》の古文辞学《こぶんじがく》を批判し、官学の圧迫を受けながらも持説を改めず、宋詩風勃興の機運を作る。私塾・奚疑塾《けいぎ》を開き、門人を育成した。

その人となりは、豪邁卓絶《ごうまいたくぜつ》（気性が非常に強く衆に優れていること）、慷慨気節《こうがいきせつ》（社会の不義や不正を憤って嘆く気概）を尚《とうと》び、諾《だく》（承知したと答えること）を重んじ財（金銭）を軽んじ、すこぶる古侠士《こきょうし》（強気をくじき弱きを助けるという男気のある人）の風があり自ら「儒中侠《じゅちゅうきょう》（儒学者の中の侠士）」と称したという。著作『孝経楼詩話』など。

日本陽明学の祖・中江藤樹や、その高弟の淵岡山《ふちこうざん》一派も『孝経』を重視したのだが、北山が『孝経』を最も重視したことは実に興味深い。こうなると、私としては、小島家と菊池菊城の背後に梁川星巌の影がちらついて仕方が無いのである。菊池菊城と梁川星巌が何処かで結びついていたのではないだろうか、などと思いたくもなるというものだ。

梁川星巌が心酔した春日潜庵は、当時高名な陽明学者であった。明治になってから、潜庵を欽慕《きんぼ》（敬い慕うこと）する西郷隆盛が、弟・小兵衛や部下たちを潜庵に師事させたのはよく知られた話である。

潜庵門下には、後述するところの国学者・枝吉神陽《しんよう》（経種）、元老院議官・河田景与、日本画家・富岡鉄斎らがいる。潜庵の人となりを伝える言葉を記しておく。

「人生の富貴貧賤は花の開落なり。生死は昼夜なり。達人以《も》って一笑すべし」

「自ら責むること厚ければ、何ぞ人を責むるに暇あらんや。終身自ら責むれば綽綽然《しゃくしゃくぜん》（筆者注：ゆったりとおちついているさま）として余地あるかな」

後者は王陽明の、

「学は、先ず、自分を自省することでなくてはならない。もしいたずらに人を責めるだけだと、人のよくないところばかりが目について、自分の非には気づかないままに終わる。もしよく自分を自省すれば、自分の不十分なところがやたらと目につき、とても人を責めている暇などありはしない」(『伝習録』下巻四十五条)から採られていることは言うまでもない。

まるで菊池菊城を思わせる豪放磊落《ごうほうらいらく》さが窺えるではないか。

小島家には、新選組の近藤勇らが常に出入りしていた

吉岡重三「原点」(『青淵』昭和五十九〈一九八四〉年五月号)と植村喜代子「菊池菊城の跡を訪ねて」(『青淵』昭和六十〈一九八五〉年四月号)によれば、菊池菊城は、嘉永四(一八五一)年十月〜万延二(一八六一)年の間、武州多摩郡小野路村小島家に招聘《しょうへい》され、しばしば訪れては小島家当主の政則と子息の鹿之助(為政)に教授、文通を交わしている。

この小島家は、約六百年の系図を誇る名門で、代々寄場名主《よせばなぬし》(連合戸長)を勤め、約二万点もの古文書を蔵している。

小島家には、新選組の近藤勇、土方歳三、沖田総司らが常に出入りして、鹿之助はその剣法である天然理心流の道場を構え、明治維新後は自由民権運動を支援したという。また、小島鹿之助は、『三国志』の故事にならって、近藤勇と義兄弟の縁を結んだとある。

小論「原点」には、さらに小島家二十一代当主の守政（慎斎）の手になる『菊池菊城伝』（六百字の漢文）の抜粋が掲載されているので以下その一部を省略し紹介しておく。

「（前略）年二十。山本北山に従って学ぶ。いくばくもなく笈《きゅう》を負って遊学数十年。また能く群書を博覧す。而して最も『論語』に深し。終身これを講じてやまず。

いやしくも疑義に遇《あ》えば、則ち一室に静坐して、寝食ともに廃すること連日。故に能く前人未発の所を発《ひら》く。頗《すこぶ》る妙悟多し。一時、贄《し》を執る者（教えを乞う者）数十〜百人。その将《まさ》に講ぜんとするや、必ず、まず一杯の酒をつくす。音吐《おんと》朗然《ろうぜん》鐘の如し。響、遠近に徹し、聴者耳を傾く。

平生その徒に語って曰く、疑義を解するの術、他無し。思って止まざるにあり。思って止まざれば、則ち方寸《ほうすん》（心）の中恍《こう》として悟る。（中略）守政曰く、家君（父）『論語』

を読むを好む。かつて嘆じて曰く、余かつて菊城の『論語』を講ずるを聴く。当時年少にして追憶隔世の如し。近歳に至り、熟読玩味し、やや少しく得る有るを覚ゆ。（後略）」

菊池は、最も『論語』に詳しく、終身これを講義した

以下、要約する。

笈というのは、行脚僧《あんぎゃそう》・修験者などが、旅の際に、物を入れて背負って持ち運ぶのに使った竹で編んだ箱のことである。そこから、「笈を負う」というのは、「郷里を出て遊学すること」をいった。

酒好きで、講義の前には必ず椀の酒を一杯飲み干してから開始するのが常であった、というのは別にしても、菊池菊城の学問の仕方が興味深い。

「もし疑問点が生じれば、一室に静坐し、寝食を忘れて数日間沈思黙考《ちんしもっこう》することがあった。その結果、未だかつて誰もまだ発表していない説を打ち出したりと、優れた悟りを得ることが多かった。

常々門人たちには、

〈疑問点を解き明かすための特別な方法など無い。あるとすれば、それは、思念し続けることである。思念し続けていれば、いつしか心の中が明るくなってきて悟るものである〉」

と語ったという。

菊池の学問の仕方というのは、陽明学派に多くみられる方法である。

同じく陽明学派の横井小楠は、こう語っている。

「思うて得ざるときに、是を古人に求め書を開てみるべし」

「此の書を読みて此の理を心に合点《がってん(がてん)》いたし候《そうら》えば、理は我物になりて其《その》書は直《ただ》ちに糟粕《そうはく》（かす）となり」

学問の眼目は、「思」の一字であるというのである。

小島政孝氏の一文「小島家日記の中の小島鹿之助」に菊池に関する次のようなエピソードが掲載されている。※（ ）内は筆者注。

「かつて中山道《なかせんどう》の茶店で菊城が休んでいると、一人の武士がずかずか入ってきて誠に無《ぶ》礼《れい》な態度であった。菊城はこれに腹をたて、ついに刀を抜いて格闘となった。このとき菊城は七十歳に達していたが、この壮健さであった。

（中略）菊城は蒼顔《そうがん》（年老いて、衰えた顔色）で、白髪に一尺余りあごひげをはやし、常に長刀を佩《はい》していた。

祖先は菊池武光といい、南朝をなつかしみ、〈児島高徳桜樹《こじまたかのり》に書するの図に題す〉を好んで語ったという（児島が桜の樹に記した言葉は「天莫空勾践《こうせん》、時非無范蠡《はんれい》」。その意味は以下の通り。勾践は中国春秋時代の越の王。范蠡は呉に敗れた勾践を助け、呉を滅した忠臣。「天は敗れた勾践を見捨てることはない、時がくれば范蠡のような忠臣が出て助けてくれる」）。

外出の折には必ず桜の枝を供にし、腰にひさご（ひょうたんで作った水筒）と杯をさげて歩いたという。居所は一定せず、ふらりと来て、気に入ると何日もそこにいて講義し、またふらりと旅に出るという漂浪《ひょうろう》の人であった」

実は上記一文は、埼玉県南埼玉郡菖蒲町企画課（現在は埼玉県久喜市菖蒲総合支所総務管理課）内の「本多静六《せいろく》博士を記念する会」（現在は「本多静六博士を顕彰する会」）

から発行されている『本多静六通信第八号』にも掲載されている。菖蒲町では、郷土の偉人の一人として菊池菊城の顕彰に着手したのである。

菊池菊城は熊本の菊池武光の末裔《まつえい》であった

さらに、「原点」には墓碑の碑文が掲載されている。以下、そのまま引用させて頂く。

「先生諱《いみな》を武睿《たけあき》、字は明君、菊池氏、菊城と号す。

又、曰く筑紫《つくし》の黄衣《こうい》（官人）正観公（菊池武光）の裔《えい》にして武州埼玉台村の人なり。

幼より学を好み兼て撃剣を善くす。初め辻氏に学ぶ。弱冠（二十歳）、江都《こうと》に遊び、

北山山本先生に業を受けること数年、学既に成り、天下を周流して殆ど五十年。

先生は人と為り勇壮に属して明断、音声鐘の如く、容貌威厲《いれい》にして人に接するに忠誠をもってす。平居《へいきょ》（常日頃）世道《せどう》（世の中の道徳）を深く歎く。漸《ようや》く（しだいに）降日（近頃）偸薄《とうはく》（人情が薄い）に入り、人事詩文は道徳を講ぜず。慨然《がいぜん》として鼓舞《こぶ》せんことを欲し、一時学風を振起《しんき》（奮《ふる》い起こすこと）す。而《しこう》してついにその志を信《の》ぶるを得ざる也。

去冬（文久三年十二月）、一日半原《はんばら》嶺を踰《こ》ゆ、たまたま深雪に遭い進退ここに谷《きわ》まる。乃ち樹陰に宿る。煤ケ谷《すすがや》の山田氏これを知る。人を遣《つか》わして迎え養う。ついに疾を得、文久四年甲子《きのえね》、正月七日、荻野《おぎの》石井氏に於いて距生《きょせい》（世を去る）し卒《おわ》んぬ。天明五年乙巳《きのとみ》（生年月日）庚《とし》を得て八十。某氏を配すも前に卒す。一女某氏に適《ゆ》く。門人貲《し》（金銭）を捐《す》て、相州田代勝楽寺に葬りて碑を建つ。徳を表すの銘に曰く

天、烝民《じょうみん》（多くの民）を生む。必ず師を降す。先生の道徳は斯準（平を正す）斯規（円を正す）勤学を厭わず、人を晦《おし》えて倦《う》まず、麁衣《そい》（粗末な着物）疏食《そし》（粗末な食物）名を避け賤《いやし》きに安んず。

浙川《せいせん》（流れる水）返らず。喬木《きょうぼく》（高い木）枯れ卒《おわ》んぬ。

嗚呼命《ああめい》なる哉《かな》、弟子衢《ちまた》に泣く。

慶応元年歳次乙丑建子月《きのとうしけんしげつ》

門人　染谷勝元　井上清澄　同撰

門人　山田喜高　田島元竜　井上清澄　染谷勝元　井上忠順　染谷確操

石井金吾　石井常教　柴田宗昔」

菊池武光（正観）は、南北朝時代の武将で、九州における南朝（後醍醐天皇）方の中心であった。熊本県菊池郡隈府町《わいふまち》（現、菊池市）の菊池神社に祀られている。

忠誠を持って人に接した菊池菊城

以下、碑文の現代語訳である。※（ ）内は筆者注。

菊池菊城は、筑紫《つくし》（現、熊本県）の菊池武光の末裔で、武蔵国埼玉郡台村（現、埼玉県久喜市菖蒲町台）に生まれ、幼い頃から学問を好み、また剣術もよく学んだ。

二十歳で江戸に出て、当時高名な儒学者・山本北山（五十三歳）に師事、数年間学び、二十四、五歳頃から五十年間各地を放浪した。

その人となりは、勇壮かつ明快な決断をする人で、その声は鐘のように大きく、その顔かたちは、厳《おごそ》かで鋭く、忠誠をもって人に接した。

常々、世の中で人の守るべき道について深く嘆いた。というのも、だんだんと近頃は人情が薄くなり、道徳を教えることもなくなってきた。そのことを憤り嘆いて、鼓舞しようと一時期独自の学説を盛んにした。しかし、ついにその志を実現するまでには至らなかった。

文久三年十二月、半原村から嶺《みね》を越えようとしたが、たまたま大雪に遇い、進退窮《きわ》まってしまい、木陰《こかげ》に身を寄せた。煤ヶ谷村《すすがや》（現、神奈川県清川村）の山田氏がこのことを聞き知り、人に迎えに行かせて助け出し介抱した。が、とうとう病気になり、文久四年正月七日、萩野村の石井氏（菊城の門人で医師の石井金吾）宅で生涯を終えた（享年八十二）。

門人達の世話で某氏を娶《めと》ったが早く亡くなってしまった。娘がいたが、某氏に嫁いだ。近在の門人達は、お金を出し合って、神奈川県愛甲郡愛川町の勝楽寺《しょうらくじ》に葬り、墓碑を建てた。その徳を表した銘にこうある。

天、多くの民を産む。そして必ず師を降す。先生は道徳を広め正し、学問に勤めることを厭わず、人に教えて飽きることがなかった。粗衣粗食で、名を挙げることを避け、貧しさに満足した。流れる水は帰らない。高い木は枯れ果てた。運命だったのか、弟子が道端で泣いている。

慶応元（一八六五）年

立派な家や乗り物などは絶対に欲しくない

菊池菊城は、絵師・井上五川《ごせん》の「一富士、二鷹、三茄子《なすび》」の墨絵に自作の漢詩を残している。

この絵は、現、神奈川県愛甲郡に現存するが、絵師・井上五川と菊城が、たまたま海《う》底《ぞこ》村の酒屋成井家で飲み食いしていて意気投合し、描いたものだといわれている。

井上五川（菊城より十三歳年若）は、よく成井家に酒を飲みに来ていたが、酒代がたまり、その支払いの代償として、四枚の襖に絵を描くことになり「四季の絵」を描き、もう一枚「一富士、二鷹、三茄子」の絵を描いたのである。そこへ酒を飲みにやってきた菊城が「私が漢詩を書こう」といって書き添えたのだった。

以下がその漢詩である。

厭悪譏嫵一恍

然玉堂金馬絶非
心五川立
画美蓉出坐想
我来結竹庵

秋日予画工五川居士共快　干海底村成井氏酒蘭乃作山　水図仍援笔題　菊城叟

大意はこうだ。

「世俗で金銭等に汲々としているのは、誠に嘆かわしい。立派な家や乗り物などは絶対に欲しくない。時に、五川画伯が富士山の絵を描いた。そぞろに想う。私もこの地でささやかな家を持った」

「菊池菊城の跡を訪ねて」を記した植村喜代子によれば、上記軸物は、菊城が七十六歳から八十歳の間の晩年のものであるという。

約三十五年前に発見された菊城の遺稿の解明はこれから

菊城の生き方は、神道無念流の使い手の斎藤弥九郎を思い起こさせる。斎藤弥九郎は、江戸三大道場の一つに数えられた「練兵館」の道場主であった。にもかかわらず、生涯贅沢を嫌った。晩酌はどぶろく、肴《さかな》は鰻《うなぎ》の肝を好み、生涯麦飯で通した。それを買いに行かされる門人が、恥ずかしい思いをすることを知っていて、

「なに、鳥の餌《えさ》にするから、といって買ってこい」

と言ったという。

弥九郎は、儒学者を目指して故郷の富山を出奔《しゅっぽん》、やがて剣客になったというだけあって、文武不岐の士であった。

菊池菊城は、儒学者で、やはり文武不岐の士であったが、斎藤弥九郎ほどには世に出なかった。

門人の染谷勝元の子孫は、半原村で一番の旧家として現存し、この家に、菊池菊城の遺稿が残されていたことが、先述した吉岡、植村両氏の調査によって判明した。

『論語案講日録』『論語間講録』『論語校文』『論語序案講日録』『旅日記』並びに旅中作の漢詩類』『春秋佐伝註疏』『昭公』『江東詩稿』『碑文稿』などがそれである。が、何故かそれらはほとんど表に出ることもなく、約三十五年が経ってしまっている。渋沢論語のルーツであるはずの菊池菊城の論語講義の内容の解明はどうなるのだろうか。

明治期の当主・小島守政は、三島中洲、塩谷青山、儒学者・山口直毅（泉処）、大沼沈山の門人で漢詩人の杉浦誠（梅潭）らとの交遊があったという。

後述するが渋沢栄一は、その晩年に、陽明学者・山田方谷の高弟の三島中洲と交遊があったことは知られた話である。

三島中洲を通じ、小島守政と渋沢栄一との間にも交遊が成立していたのかもしれない。

本邦初公開となる菊池菊城の遺品。菊池が肌身離さず所持していた観音様の絵。

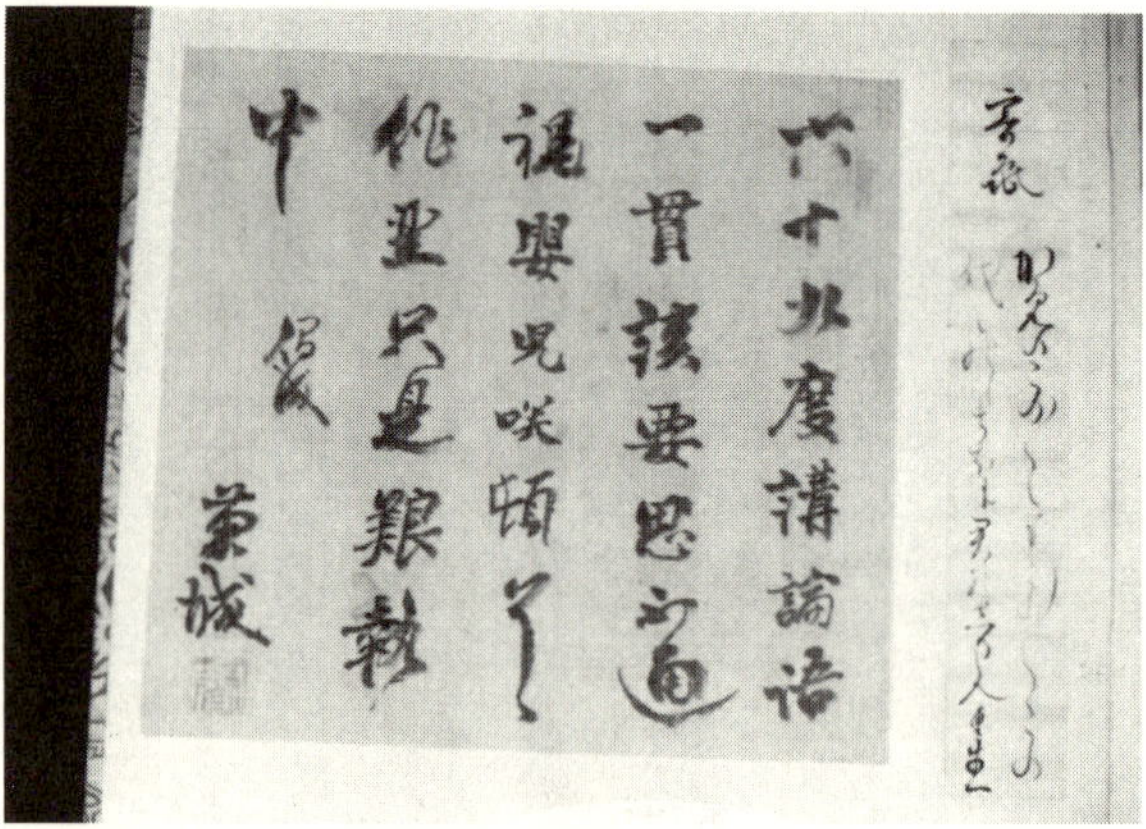

菊池菊城のメモ。「私は何回も論語講義をしたが、なかなか生徒にぴんと通じない感がある。生まれ児が無心に笑う顔をみて、急にすべてが了解された。すべからく教育は幼児教育が大切だ（六十九度論語を講ずるも一貫の該要通ぜざるを思う。嬰児のわらう〈咲〉を視て頓にアア、聖を作すは、只養執中を是とせん）」（吉岡重三訳、植村喜代子撮影、昭和 58 年 7 月）

第2章

井上馨と渋沢栄一

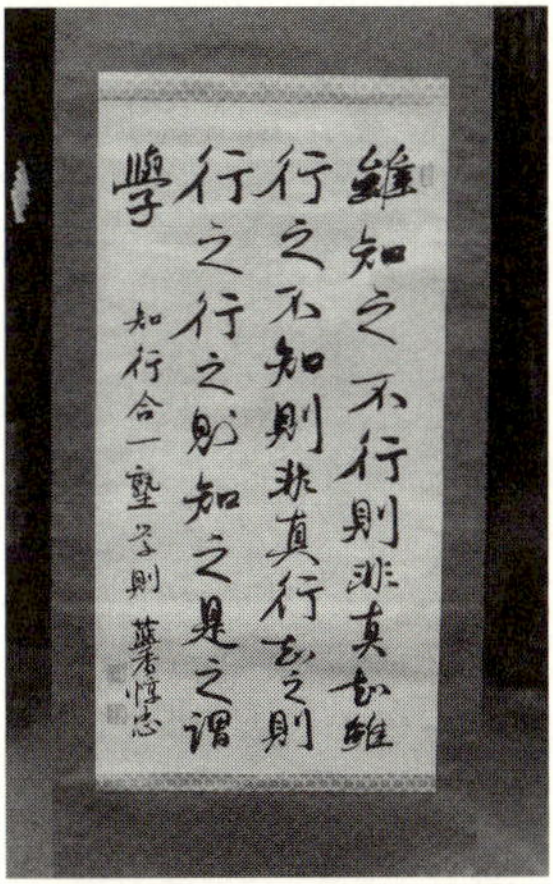

尾高惇忠の「知行合一塾学則」
（荻野勝正氏提供）

尾高惇忠《おだかじゅんちゅう》と渋沢栄一のことに話を戻そう。

繰り返しになるが、渋沢栄一が慶応三（一八六七）年正月十一日に横浜港を出て、帰国したのは、明治元（一八六八）年の十一月三日のことであった。

つまり、尾高が渋沢喜作《きさく》らと共に彰義隊に参加、上野の山に立て籠もったが、意見の対立からその後脱退して振武軍を結成、官軍と戦っていた頃、渋沢栄一は、徳川慶喜の弟の徳川昭武らと共にヨーロッパにいたのである。

渋沢栄一は、幕府の大政奉還、鳥羽伏見の戦いでの敗戦、将軍慶喜の謹慎といった知らせをフランスで知る。そして、昭武一行と共に急遽帰国したのだった。

栄一の故郷の家族は無事であったが、尾高長七郎は病死していた。尾高惇忠は、飯能戦争の敗戦から逃げ延びて帰郷を果たしていた。喜作は、函館で官軍に降伏したとの噂だった。

栄一、民部省に出仕し新政府の財政改革に取り組む

帰国した翌年の明治二年十一月、栄一（三十歳）は、民部大輔《たゆう》（現、次官）兼大蔵省大輔・大隈重信（三十二歳）の大抜擢により、租税司の首長として民部省に出仕した。栄一を推挙したのは、旧幕臣で大蔵少丞《しょうじょう》の郷純造《ごうじゅんぞう》であった。

この時のことである。

渋沢は、実は、大隈重信の招請を辞退したのである。そこで、大隈は言った。

「今は新しい国づくりをする時である。八百万神《やおよろずのかみ》の一柱になってくれ。貴公が旧主の恩を忘れぬ一事は誠に奥ゆかしいことである。だが、もし貴公がこの誘いを断れば、主君の徳川慶喜公が人材を惜しんで新政府にタテをついてるのだ、という誤解も生まれるかもしれない。それでは、主君のためにも貴公のためにもならないのではないか」

こうして渋沢栄一は、日本の近代化と新政府の財政改革に取り組むことを決意したのだった。

この時、

「一説によると、渋沢は、みずからが政府に残る条件として〈改正掛《がかり》〉という調査・研究から政策立案にあたる組織の設置を大隈に承諾させた」（井上潤『渋沢栄一』山川出版社）

ともいわれている。改正掛に関しては後述する。

同年八月、周囲の反対を押し切って民部省を事実上吸収合併した大蔵省は、財政と内政全般にわたる巨大な権力を持つ省庁となった。

さらに言えば、大蔵大臣はただの帽子に過ぎなかった。初期の大蔵省は、大隈と大蔵少輔《しょうゆう》兼民部少輔の伊藤博文、大蔵大丞《だいじょう》の井上馨《かおる》が実権を握り、渋沢栄一らが彼らを補佐していたのである。

大隈重信とその師、国学者で陽明学者・枝吉神陽《えだよししんよう》と陽明学者・島義勇《よしたけ》

大隈重信は、大隈と同じ元・佐賀藩士の国学者で陽明学者・枝吉神陽（名は経種《つねたね》。陽明学者・佐藤一斎の門人）の門人であった。

大隈重信は、師・神陽を評して
「大西郷以上」

と賞賛した。それだけ心服していたということであろうが、神陽について、儒学者・楠本碩水《せきすい》などは、

「実に鶏群《けいぐん》中の鶴なり」

と評し、
春日潜庵《せんあん》にも
「これまで諸藩の中、この様の男子を相見申《あいみもう》さず候」

などと言わしめている。

枝吉神陽は、陽明学者・春日潜庵の門人で、副島種臣《そえじまたねおみ》（当時は参議で、数年後に外務卿となる）の実兄で、当時、「佐賀の吉田松陰」といわれていた。

楠正成《くすのきまさしげ》に心酔する神陽は、嘉永三（一八五〇）年、従兄弟《いとこ》の島義勇らと楠公《なんこう》義祭同盟を結んでいるが、島義勇はやはり潜庵を尊敬し、神陽の実弟の副島種臣曰く、

「（義勇は）陽明学家」（叢書・日本の思想家四十四『春日潜菴、池田草菴』明徳出版社）

であった。

島義勇は、後述する江藤新平が起こした佐賀の乱に巻き込まれ、乱の領袖《りょうしゅう》の一人として落命した。

大蔵省と司法省の対立

栄一は、近代化政策を先頭に立って推進した開明派官僚の一人であった。

築地にあった大隈重信邸は、当時「梁山泊《りょうざんぱく》」(『水滸伝《すいこでん》』にある反乱軍の拠点)と呼ばれ、井上馨、伊藤博文は足繁《あししげ》く出入りした。木戸孝允《たかよし》を押し立て、大隈、伊藤、井上は西洋主義を主張した、などと参議・佐々木高行《たかゆき》は日記に記している。財源不足の中での急激な近代化に、佐々木高行、大久保利通、広沢真臣《さねおみ》、副島種臣らは批判的だったのだ。

新政府内で栄一と対立した元・佐賀藩士の江藤新平も、枝吉神陽の塾に入り、その感化を強く受けた一人であった。栄一と対立したというよりも、江藤新平の司法省と大蔵省との対立が最も激しかったのである。そこには、個人的な恨みなど無く、あるのは権力闘争であった。

明治四（一八七一）年に司法省は設置されたが、東京府以外の府県では、大蔵省の管轄下にある地方官が民事裁判を行っていた。旧幕府時代の代官制そのままであった。全国の裁判権を司法省のもとに統一し、各地に裁判所を設置しようとする江藤新平と大蔵省の間に権力闘争が生じたのである。

地方に裁判所を設置したくとも、その費用の出所は大蔵省なわけで、江藤と井上馨は激しく対立した。と同時に、新政府内部には長州閥による汚職が横行していた。

江藤新平は、

「維新官僚中まれにみる制度構想力を持つ」（東京大学名誉教授・石井寛治《かんじ》）

有能な人物であった。

旧幕臣である渋沢栄一を抜擢したことについては省の内外から猛反発があった。後で触れるが、玉乃世履《たまのせいり》（岩国の人。司法官、初代大審院長）などは憤慨し

「渋沢ごときを登用するなら、われわれは一切仕事をやらん」

と大隈に詰め寄った。その後、栄一の仕事ぶりを見ていた玉乃世履は、一カ月もしないうちに栄一を賞賛するようになっている。

世履は、その晩年に陽明学を奉じた漢詩人・梁川星巌《やながわせいがん》の門人であった。星巌については49～50ページを参照のこと。

栄一、民部省改正掛での大活躍

栄一のことに話を戻す。

栄一は、大蔵省トップの井上馨というよき理解者を得て、水を得た魚のように八面六臂《はちめんろっぴ》の活躍をする。司馬遼太郎にいわせれば、当時の栄一は、井上馨の黒子《くろこ》（後見人）であった。

ここで、栄一が民部省改正掛掛長《かかりちょう》に就いていた時の仕事ぶりについてちょっと触れておきたい。以下は、井上潤『渋沢栄一』からである。※（ ）内は筆者注。

「この改正掛は、設けられていた期間が二年たらずと非常に短いが、その間になされた仕事の量は、すさまじいものがあった。渋沢は、まず度量衡《どりょうこう》の単位を統一するところから手を着けている。また、前近代では飛脚便が情報伝達の手段であったが、一定の料金ではないし、届くか届かないかもわからないので、近代的な郵便制度の確立に動いている。そして、静岡時代に一緒に仕事をしていた人間で、こういうことについて詳しい前《まえ》島密《じまひそか》（日本の近代郵便制度の創設者の一人）を呼びよせている。

改正掛は、たえず十二、三人で事にあたっていたといわれているが、固定したメンバーではなく、プロジェクトごとにその道のエキスパートを呼び入れて、いくつかの事業を実行していくわけである。

貨幣制度では、金一両《りょう》とか銀何匁《もんめ》ということで不統一だった単位を円・銭《せん》・厘《りん》という統一単位で整えた。銀行制度では、アメリカのナショナルバンク・アクトを導入することを考え、〈国立銀行条例〉制定まで導いた。そのほかに、鉄道の敷設、太陰暦を太陽暦にかえたりもし、そして、民部省だけでなく、その当時の各省庁にはどういう役割の部・課が必要なのかを全部考え、それぞれがどういう事務内容をとるかという事務章程までまとめている。

貿易関税の問題とか、『立会略則《りゅうかいりゃくそく》』『会社弁《かいしゃべん》』といった株式会社普及に向けたマニュアルの類の発刊なども行っている。今のわれわれの生活の本当にベースになっているところ、インフラ整備がほとんどなしとげられたのである。形になるのは数年あとになることもあったが、そのときに着手して動き出していることが大半である。こうして明治新政府時代に、これからの社会の一定の基礎づくりがなしとげられたのである」

栄一、井上馨とともに大蔵省を辞職

明治六（一八七三）年五月、新政府の参議（閣僚）たちの無理解に業を煮やした井上の辞職を契機に、三等出仕《さんとうしゅっし》・渋沢栄一（三十四歳）も井上と行動を共にすることになる。

辞職最大の理由は、激しい対立関係にあった江藤新平が参議（閣僚）に迎えられたため、手も足も出なくなったからである。

井上辞職の理由はほかにもあった。井上は陸軍大輔・山県有朋《やまがたありとも》と共に、長州閥汚職容疑で江藤司法卿に追い詰められていたのである。

東京大学名誉教授・石井寛治に言わせれば、もう一つ辞職の理由があった。金本位制をどう確立するかの幣制面の問題が対立の根底に存在していたという。井上は、兌換法《だかんほう》を主張、そのための正貨の積み立てに尽力していたが、江藤はその積み立て金の取り崩しを要求していたというのである。

野に下った井上馨は、渋沢栄一の事業、例えば小野組破産事件、第一国立銀行の設立及び三井組救済などに尽力するも、数年後に官界に復帰し、伊藤博文内閣の閣僚を務めることになる。

参議たちの無理解もあったであろうが、広島大学名誉教授・三好信浩《のぶひろ》は、栄一の辞職について、次のように述べている。

「維新後といえども経済が政治の下僕となってその誘導的支配を受けるという構造そのものに変化の見られないことに失望したため、彼は決然と官職を辞した」（『公益の追求者・渋沢栄一』三部　山川出版社）

それから約三十年後の話になる。明治三十五（一九〇二）年、栄一（六十三歳）は、欧米視察に出かけた。この時、イギリスの経済人の商業道徳の高さに感動すると同時に深い気づきと目標を得たのである。政治に支配されることなく、政治家と対等に付き合うイギリスの経済人を目の当たりにしてきた栄一は、彼らが信用を重んじ、自らの品性の向上に努めている点に注目したのだ。

「経済人が、政治家と対等に応対するためには、イギリスの経済人のように、商人自身が高い商業道徳を身につけるべきなのだ」

というのが渋沢の確信したことであり、自ら率先垂範し、ぜひとも実現したいことであった。

栄一が、本格的に陽明学に傾倒し始めるのは、この欧米視察以後のことである。

井上馨は、陽明学者・高杉晋作の片腕だった

井上馨（一八三五～一九一五）といえば、実は陽明学との縁の深い人物であった。井上は、元・長州藩士で、当時は井上聞多《もんた》と称していた。伊藤博文（吉田松陰の門人。初

代総理大臣）と共に、松下村塾《しょうかそんじゅく》の吉田松陰（長州藩士）の高弟の高杉晋作（長州藩士）の片腕として尊皇攘夷を主唱し、国事に奔走してきた人物であった。

吉田松陰もその弟子の高杉晋作も、陽明学者として知られている。高杉は王陽明に私淑し『伝習録』を筆写している。また、万延元（一八六〇）年春には次のような詩を書いている。

王学振興して聖学新たなり
古今の雑説は遂《つい》に沈湮《ちんいん》す
唯《ただ》能《よ》く良知の字を信じ得《う》ば
即《すなわ》ち是《こ》れ義皇《ぎこう》以上の人

義皇とは、中国の神話上の聖天使・伏羲《ふっき》のこと。現代語訳は以下である。

「陽明学が興って、聖人の学問である儒学が一新した。おかげで、これ迄の様々な学説は沈黙せざるを得なくなった。ただひたすら〈良知〉を信じ切ることができるなら、それはそのまま古代中国の聖人・伏義を超える人といっていい」

井上は全身十三カ所を斬られ、瀕死の重傷を負う

井上馨と高杉晋作のエピソードがある。以下、嶋岡晨《しん》『志士たちの詩』（講談社現代新書）を参照した。

元治《げんじ》元（一八六四）年八月、尊皇攘夷の急先鋒だった長州藩は、英・仏・蘭・米の四カ国連合艦隊との戦いに惨敗した。

この時、イギリスは、戦勝国の武力を背景に、長州藩に彦島《ひこしま》の租借《そしゃく》（国家が他国の領土の一部を一定期間借りること）を要求してきた。その要求を受け入れれば、日本で初めて、関門海峡にイギリスの植民地が出現することになる。この危機にあたり、高杉らが身を挺して使節となり、四カ国と講和を結んでイギリスの野望を未然に防いだのである。講和談判で、戦勝国の要求をはねつけるなど、誰にでもできることではない。高杉晋作の凄さが垣間見える。

危機は回避したが、急進派（尊攘派）の勢力は衰えた。

九月に開かれた藩是《はんぜ》（藩の政治の基本的な方針）決定の君前《くんぜん》会議において、「正義派」を名のる急進派の井上馨は、長州征伐を唱える幕府に対して「武備恭順《ぶびきょうじゅん》」を主張した。つまり表向き恭順の態度を示しながら、武備をととのえて幕府が過酷な処置に出たときには討幕を目指す、というのである。藩主も一時はその意見に傾いたが、井上は帰宅の途上、俗論派（保守派、佐幕派）の三人の刺客に襲われ、全身十三カ所（背中、後頭部、顔面、下腹部、胸部など）を斬られるという瀕死の重傷を負った。

吉田松陰ら急進派の上に立って藩政を指導してきた周布政之助《すふまさのすけ》も、前途を悲観して同夜自刃し四十二歳の生涯を終えた。

十月、九州に亡命する決心をした高杉（二十六歳）は、途中、傷の痛みに耐える井上（二十九歳）を見舞いに立ち寄り、励ました。重傷を負ってから一カ月が経過、傷もかなり癒えて元気になっていた。

井上は、次の漢詩を口ずさんで応えたという。

身は数創を被《こうむ》り、未《いま》だ志灰《おとろ》えず。
何《いず》れの時か蹶起《けっき》し、気埃《きあい》を払わん。
喜ぶべし、君が雄略、方寸に存するを。
病苦忘れ来たり、且《かつ》、杯《はい》を侑《すす》む。

高杉の志が挫けるどころか未だ健在であることを知って喜んだ井上は、近いうちに俗論派を打ち倒そうなどと言いながら、重症の苦しみも忘れて、高杉に酒盃をすすめる、そんな光景が想起される。このとき、高杉も漢詩を詠んで応えている。

尾高惇忠の「知行合一《ちこうごういつ》塾学則」

尾高惇忠のことである。以下、主に荻野勝正《おぎのかつまさ》『尾高惇忠』（さきたま出版会）を参照した。

栄一がかつて学んだ尾高惇忠の塾は、「知行合一塾」

と名づけられていた。

「知行合一」とは、王陽明の有名な言葉であり、陽明学のキーワードの一つである。塾には、次のような
「知行合一塾学則」

が掛け軸にして掲げられていた。

この学則こそが、尾高の塾の教育方針であり、尾高自身の座右の銘であった。

「之《これ》を知ると雖《いえど》も行わざれば、則《すなわ》ち真の知に非ず。之を行うと雖も知らざれば、則ち真の行に非ず。之を知れば則ち之を行い、之を行えば則ち之を知る。是《これ》を之学と謂《い》う。

知行合一塾学則　藍香《らんこう》惇忠」

王陽明の言行録であり、陽明学のバイブルである『伝習録』には、類似の次のような言葉がある。

「知っているという以上、それは必ず行いにあらわれるものだ。知っていながら行わな

いというのは、要するに知らないということだ（未だ知りて行わざる者有らず。知りて行わざるは、只《た》だ是れ未だ知らざるなり）」（上巻五条）

「知は行の始《もと》であり、行は知の成ったものである。聖人の学問にあっては、修養はただ一つあるだけで、知と行とを分けて、二つのこととすることはできないのである（知は行の始、行は知の成れるなり。聖学は只だ一箇の功夫《くふう》。知行は分かって両事《りょうじ》と作《な》す可《べ》からず）」（上巻二十七条）

「知が、〔心の本体において〕何の混じりけもなくストレートに発現する、そのところがとりもなおさず行いであり、行いがはっきりとした自覚と精察において機能する、そのところがとりもなおさず知であり、知と行の修養は、もともと不可分のものです。ただ後世の学ぶ者が、それを二分してそれぞれの修養を別々のものとし、そうすることで知行の本来のあり方を見失ってしまったために、今私が合一とか並進とかの説を言わざるを得なくなったのです。真の知とは、行いとなってこそのものであり、行わなければ知というに値しないのです。（知の真切篤実《しんせつとくじつ》なるところは、即《すなわ》ち是れ行なり。行の明覚《めいかく》精察《せいさつ》のところは、即ち是れ知なり。知行の工夫は、本離れるべからず。只だ後世の学者は、分つて両截《りょうせつ》と作《な》して功を用い、知行の本体を失卻《しっきゃく》するが為の故に、合一並進の説有り。真知は即ち行たる所以《ゆえん》にして、行わずんば之を知と謂《い》うに足らざる)」(中巻四条)

つまり、尾高の学則は、尾高自身が陽明の言葉を要約したものなのである。

この学則は、陽明学のエッセンスであるところの「知行合一」について述べているわけだが、一般に信じられているような、知識と行動を一致させなければならないといった意味の「言行一致」を説いているのではない。ちなみに、陽明学研究家として知られる吉田公平東洋大学名誉教授は、次のように語っているではないか。※( )内は筆者注。

「王陽明の知行合一説を実践強調論、あるいは実践してみなければ本当にはわからないのだという体験主義のことだと理解して、高く評価するものもいる。いずれも誤解である」(『王陽明「伝習録」を読む』中巻)

「知行合一という表現もそうであったが、この、合・合一という表現は、朱子学に対する反措定《はんそてい》(アンチテーゼ)であることを明示するための措辞《そじ》(言葉の使い方)なのである。だから、〈別々のものを合わせる〉という意味ではなくして、〈もともと分けられな

い〉という意味なのである」（同）

後述するが「知行合一」とは、

「知と行は別々のものではなく、もともと一つのものであって分けられない」

と、言い換えれば「生死一如《しょうじいちにょ》」を、万物一体の境地を説いているのだ。

第3章

栄一の師、尾高惇忠と富岡製糸工場

尾高惇忠（荻野勝正氏提供）

尾高惇忠《おだかじゅんちゅう》、世界最大の製糸工場・官営富岡製糸工場の初代工場長に就任

明治二（一八六九）年十二月の「備前渠取入口事件《びぜんきょとりいれぐち》」で尾高惇忠は地元農民の先頭に立ち、事件解決のために同志の金井元治、荒木翠軒、桃井宣三と合議して民部省に提訴、翌三年、事件は無事解決を見た。

この備前渠と事件について触れておく。備前渠（備前堀）は、江戸初期（慶長九年）に開削《かいさく》された埼玉県最古の用水路で、現在の本庄《ほんじょう》市山王堂地先《じさき》から発して県北部の深《ふか》谷《や》、熊谷《くまがや》を貫流し、福川に合流する約二十キロメートルの水路である。当時、関東郡代で土木工学に優れた伊奈備前守忠次《いなびぜんのかみただつぐ》によって開削されたことから、その名にちなんで備前渠と命名された。この水路の開通で、現在でも、千二百余ヘクタールの水田を灌漑《かんがい》し、三千二百余戸の農家が恩恵を受けているというが、それだけに、江戸期は上流と下流の農民の間での水争いは絶えることが無かった。

明治二年、水争いの収拾《しゅうしゅう》、利根川の氾濫の解決という名目で、もとの堀を廃止して新堀を開くという計画が時の官庁の岩鼻《いわはな》県（群馬県高崎市の南東部）によって提出され、

地元関係農民達が騒然となった、これが事件の発端であった。

「備前渠取入口事件」を解決したことが縁で、当時民部省で権大丞《ごんだいじょう》の地位にあった玉乃《たまの》世履《せいり》に見出された尾高は、もちろん栄一も関わってのことで、新政府に招かれて民部省に入り、監督権少佑となって聴訟、建白の任にあたった。

事件解決と同時に、尾高（四十一歳）は、当時、世界最大規模の製糸工場であった官営富岡製糸工場（明治五年に群馬県南西部に操業を開始した日本最初の国営の機械製糸工場）の初代工場長として、その建設に計画当初から携《たずさ》わることになる。外国人による直接投資の圧力の中、経済の自力建設の一環として、模範製糸場の設立が急務であった。

なぜ、製糸工場なのか。

朝鮮戦争で指揮を取り、大統領に満州爆撃を進言して解任されたマッカーサーは、帰国後、アメリカ上院の軍事外交合同委員会で次のように語っている。

「戦前の日本は、近代産業国家として欠くべからざる天然資源を蚕《かいこ》（生糸《きいと》）以外に持っていなかった。近代産業の基盤となるべき石油などはすべて輸入に頼っていたが、それは東南アジアにあった」

つまり、絹織物の原糸である生糸こそは、わが国唯一の天然資源だったのである。富岡製糸工場という形で具体化することになる「一大製糸場を起こす」案は、「蚕桑《さんそう》に詳しい、当時大蔵省租税正の地位にあった渋沢栄一の意見によるところが大であった」（荻野勝正《おぎのかつまさ》『尾高惇忠』）

という。

大隈重信の了解を得て、栄一や尾高らが中心となって計画は実行に移された。フランス人生糸検査技師ポール・ブリュナを雇い、横須賀製鉄所を設計したE・A・バスティアンに設計を依頼、幾多の困難を経て、明治五（一八七二）年七月、三百の釜を有する蒸気動力のフランス式製糸工場、官営模範富岡製糸工場が完成、十月から操業を開始した。

工女募集で難渋

尾高惇忠の心は、陽明学、そして剣術によって鍛えられたものであった。それだけに、尾高の行状をさらりと流すというわけにはいかない。

尾高が富岡製糸工場の建設と運営に取り組んで、どれほどの苦労があったことだろう。

以下、荻野勝正『尾高惇忠』を参照した。

わが国でもまだ数少ない煉瓦《れんが》建造物ということもあったが、それも工場だけではなく、繰糸所、事務室、繭《まゆ》倉庫、選繭所《せんけんじょ》、ボイラー室、ブリュナの洋館、外国人宿舎、工女宿舎、食堂、診療所なども建てなければならなかった。

「外国人には貸せない」

という住民がほとんどで、」ポール・ブリュナ夫妻を泊める宿泊所探しでまず難航したが、惇忠の説得で、旧本陣を借りることができた。

妙義山から杉やヒノキを伐り出すにあたって、

「天狗様が住む神山《しんざん》から伐り出すことはならん」

と村人の反対を受けた。

さらには工場建設予定地の富岡町もこれに同調、建築反対運動が起きたが、この時も惇忠の説得で、村人は逆に伐採に協力するようになった。

メートル法で書かれた設計図に、尺貫《しゃっかん》法に慣れた大工達は戸惑った。国内ではまだほとんど製造されていなかった煉瓦製造を、瓦業者に依頼、試作を重ねて煉瓦造りをやってのけた。煉瓦を積み上げるのに必要なセメントが無かったので漆喰《しっくい》作りの名左官職人を探し出して懇願、セメントに近い目地《めじ》を完成させた。一万九千六百八坪半（約六万四千七百平方メートル）という工場敷地に、和洋折衷方式の、わが国初の煉瓦建造物が完成した。工場建設に要した期間は、わずかに一年七カ月であった。

これらは、まだまだ序の口で、最も苦労したのは明治五年三月から開始された工女募集である。群馬、入間《いるま》、埼玉、長野、栃木の五県に布達《ふたつ》（行政命令）を出した。例えば長野県では十五歳から二十五歳までの若い女子を募集したが、応募するものは誰一人無かった。

まずは、その堅固な建築様式もさることながら、数十メートルの煙突から黒煙を吐き、その熱で機械が動くということで、キリシタンの魔法だという風評が立ち、工女募集にブレーキがかかったのである。

伝習工女第一号になった尾高惇忠の娘

さらに、工場で指導監督にあたるフランス人たちは、

「ブドウ酒と称して、若い娘から搾《しぼ》り取った生き血を飲んでいる」

などと言う噂が真面目に信じられていたのである。工女募集に難渋した尾高は、流言《りゅうげん》（根拠の無いうわさ）を打ち消すためにも、これまでの説得工作をやめて、率先垂範することにした。


それは、郷里から長女・勇《ゆう》（十四歳）を招き寄せ、伝習工女第一号としてフランス人教婦につけるというものである。娘・勇は、快諾し、これが火付け役になった。尾高の郷里の下手計《しもてばか》村の勇の友人の少女達を奮起させたのである。五人の少女達が、勇と行動を共にすることになった。また、五人の内の一人の祖母・松村和志《わし》（六十二歳）が、工

女取締役を志願した。尾高勇らは明治五年七月に入所した。

後日談である。

勇はその後めきめきと腕を上げて一等工女となり富岡製糸工場を支えたが、明治八（一八七五）年一月、十七歳の時に富岡を去り、二年後に結婚した。埼玉銀行の初代頭取・永田甚之助は勇の長男である。


勇が入所した同じ月に、小川村（現、埼玉県小川町）の豪農の母・青木照《てる》（五十九歳）は、十余名を引き連れて入所している。照は、自ら奔走し、工女を募り、孫娘を連れてやってきたのだ。入間県（現、埼玉県西部）からも次々と工女がやってきて、十月の開業時には五十五人を数えた。

こうした理解者の登場により、フランス人やブドウ酒に対する誤解も次第に無くなり、尾高惇忠の名声は高まった。尾高は、松村和志、青木照を工女取締役長に任命、入間県からの人々を工場の首脳部に据えることで、信賞必罰の秩序と規律をもたらした。

至誠神の如し

注目すべきは、尾高は工女たちの教育に熱心だったことである。

尾高は、

「至誠如神《しせいじょしん》」

の四文字を工場の所長室に掲げ、全力を傾倒、採用した工女には人間性を重視する教育を施した。「至誠如神」は、四書の一つの『中庸』にある言葉で、

「至誠は神のごとき大いなる力をもつ」

という意味である。98〜99ページに後述するが、至誠とは言い換えれば「良知《りょうち》」のことである。


これは余談である。

私が平成十（一九九八）年に㈱イエローハットの創業者で「日本を美しくする会」の鍵山秀三郎相談役に頂戴した色紙に記してある言葉こそが、まさしくこの「至誠神の

如し」であった。「神」の読み方であるが、「しん」と読む本もあるし、「かみ」と読ませる本もあり、どちらでもいい。

平成十五（二〇〇三）年三月、『尾高惇忠』の著者・荻野勝正氏と電話で話をし、四月二十八日に深谷市のお宅をお訪ねさせて頂くことができた。

「『尾高惇忠』が完売したこともあり、その後ダイジェスト版とでもいうべき冊子『郷土の先人　尾高惇忠』（博字堂）を刊行したところ、何処で目にされたのか鍵山秀三郎さんから連絡を頂戴し、嬉しいことにまとめ買いして下さったんです」

「尾高の座右の銘である〈至誠神の如し〉をとても気に入っていらっしゃったようです」

などといった興味深い話を伺った。

私が色紙に頂戴した「至誠神の如し」は、もちろん『中庸』の言葉であることは承知のうえで、尾高惇忠の言葉として鍵山相談役の記憶に刻印されたのであった。

その後、荻野氏から鍵山氏の講演録の一部のコピーを送って頂き、そのコピーの原本である講演録を自宅の書棚に見つけることができた。

その部分の抜粋である。

「最後に、私が去年（筆者注：平成八年）学んだ、学んだというより、本を読んでいて、ああ、これだと思った言葉を皆さんにご紹介して終わります。

これは群馬県にある富岡製糸工場の初代工場長になった尾高惇忠という方の言葉でございます。至誠神の如し、たとえ能力や才能に劣っていたとしても、誠意を尽くせば、それはあたかも神様のようなものだ。

才能のある人はどうしても才能に寄りかかりがちで、自分の才能がこんなにあるんだということで、それにおぼれがちでございまして、たとえ才能があっても、才能が仮になくても、素質があってもなくても、たとえそれがどんなに小さくても、誠意を尽くせば、その尽くしている姿そのものが神様と同じ、神の如しということでございます」（「日本を美しくする会」情報誌『清風掃々／創刊号』）

あるいは、別の講演会で鍵山相談役は、

「〈至誠神の如し〉、別に私が神様ということではなくて、誠意を尽くすことが神に限りなく近づいてゆくことだと、そういう教えであります」（寺田清一編集「鍵山秀三郎先生・講述『行持一貫』」）

などと語っている。

予知したいという思いは、私心である

参考までに、「至誠神の如し」に関する王陽明のコメントはこうだ。

「『中庸』の中で子思《しし》（孔子の孫）が、〈至誠は神の如し〉〈以《もっ》て前知《ぜんち》す可《べ》し〉と言っているのは、まだ誠について二つに分けて言っている。

これは多分、誠を思うことの効能を述べたものであり、また先ず覚《さと》ることのできないもののために説いたのであろう。もし至誠について言うなら、至誠の霊妙な働きは、即ちこれを〈神〉というのであって、なにも〈神の如し〉という必要はない。

〈至誠〉〔の人は〕は、知ろうとしなくても、自然に知らないことは無いのであるから、前知することが出来るという〔ふうに、知ることに、前という限定を加える〕必要など

ないのである」（『伝習録』中巻）

陽明はさらに次のように述べている。以下意訳である。

「至誠は良知《りょうち》（筆者注：真己）である。聖人というのは、前知、つまり予知することを貴《とうと》ばない。禍福《かふく》（幸・不幸）の到来には、聖人といえども避けることはできないものなのだ。聖人は、ただ物事の兆《きざ》しを知り変事に出会っても、ただ対応するだけである。良知には、前と後ろの区別などない。ただ兆しを知ったことで、一つが分かれば百が分かるというものである。

前知するという思いがあるのは、それは私心であり、得を求め利に走り、損や害を避け、苦から逃げる心があるのだ」（『伝習録』下巻）

王陽明に言わせれば、『中庸』は、あくまでも修養の書であった。聖人の境地を説いたのではなく、聖人の下の、賢人以下の人々を教え導くための修行方法を説いたテキストなのであった。

尾高惇忠が、上記のような陽明の見解を知っていたことはいうまでもない。

〈富岡製糸工女〉の肩書きをつけることが名誉になった

荻野勝正『尾高惇忠』にこうある。

「集まった工女たちは豪農、豪商、または士族、地方官ら名家の娘で、賃銭《ちんせん》（賃金）目的の口稼《くちかせ》ぎ階級（定職がなく、その日その日の生活費を得るために各所で働く人）ではなかった。そこで本務《ほんむ》（本来の任務）のほかに、習字、裁縫、読書などの特別教育を開き、一般教養の向上をはかった。

一方、風紀の取締りを厳正にし場内の規律を正した。

これらの美風を伝え聞いた人々は、惇忠への信頼と尊敬の念が高まり、進んで自分の娘に〈富岡製糸工女〉の肩書きをつけることが名誉だと考えるようになった」

この名声が山口県にまで及び、同藩士族の女子約六十人（明治四十二年刊行の『藍香翁《らんこうおう》』は二百名となっているが、『尾高惇忠』ではその数字は誤りとしている）が、一団を組織してはるばる富岡までやってきて入所したという。かくして、工女の数は増加、五百名を数えるようになり、寄宿舎の建て増しをするまでになっていた。

「女工哀史」という言葉があるが、製糸工女がまるで棄民《きみん》労働の様相を呈するようになるのは、ずっとずっと後の話である。

尾高の富岡製糸工場は、週休制で、朝七時から仕事をし、昼食時に一時間休憩し、午後一時から仕事を再開、四時半で終業であった。


栄一に言わせれば、尾高は、「語るに人を選ばざる」心温かい人であったという。以下、『藍香翁』を参照した。

尾高惇忠は、どんなに忙しいときでも心から喜んで客を迎えた。各地から工場見学に来る人たちに対しては案内し、説明というよりも講義をし、自宅でも、町民、農民にも会い、養蚕、製繭《せいけん》のことまで世話をした。来客が学者であれば共に経史《けいし》（儒教の基本的文献と歴史書）を語り、文人であれば詩文を語り、僧侶とは教理を論じ、商人には理財を説いた。

相手が剣客《けんかく・けんきゃく》（剣士）であれば、

「三尺の秋水《しゅうすい》（筆者注：鋭利な刀）鉄も断ずべき気勢を以って、振武軍当時の叱咤《しった》激励《げきれい》の風《ふう》」があったし、農夫や女子供であれば、「温顔《おんがん》、柔語《にゅうご》」をもって語り、婦女には、女性の重んずべきこと、女工の修めるべきことなどを説いて聞かせた。農夫には、施肥《せひ》（作物に肥料を与えること）の得失、田畑の耕し方などを語り、時には、自ら農具を手にしてやってみせ、あるいは図に描いて教えた。さらに、揮毫《きごう》を乞う者があれば、すぐその場で数十枚の書を書いた。もちろん、そのうちの一枚を手渡すのである。

尾高はいつも清貧を楽しむという風の生涯を愉快に送った

栄一の惇忠についての談話が残っている。以下、『藍香翁』を参照。

惇忠は、父母には孝、兄弟へは友愛の厚い人で、逆らうということが嫌いな人であった。また、世の中を愉快に送るということが自然に備わった人で、人の長所を採ることを好み、短所を挙げることとを好まなかった。そして、人の善いところを見つけるのがとても速く、人の長所だけを見る人であった。誰とでも平等に話をし付き合い、たとえ憎まれ虐待されても相手に対して悪意を持ったり抵抗したりすることの決して無い人であった。貨殖《かしょく》（財産を増やすこと）を好まなかった。仕事には尽力したが、自分の財産を増やすということに関心がなかったという。

栄一は、惇忠についてこう語っている。

「長年官途《かんと》（官職）にも居り、銀行にも居って、すこしくその辺に意を注ぐなら、相応の財産も出来たはずだが一向そういうこともなかった。さらばといって自ら贅沢をするとか、骨董を持て遊ぶとか、あるいは飲食衣服に金を浪費するとかいうことは無く、すべておごりがましいことはごく嫌いで、費《つい》やすところごく少なかった。いつも清貧を楽しむという風の生涯を愉快に送った人です」

さらに『藍香翁』には、次のようなエピソードがある。尾高惇忠が郷里にいたときの話。飢饉《ききん》で、人々が飢えに苦しむ事態となって、ほら貝を吹き鐘を鳴らし、村の某寺に集まり、富豪の家におし寄せて食料を借りる相談をした。

ところが、その集会の中には、困窮しているわけでもないのに貧民を自称しておこぼれにありつこうという人々も含まれていた。当時、里正《りせい》（名主）であった尾高は、その寺に出かけ、人々に向かってこう説いた。

「諸君が借りようとするのは一応よろしい。だが、今日我らが救済しようとするのは真に食料に困る人だけだ。それだのに、余裕のある人で自ら窮民と称して恥じず、救済を受けようとするのは何事ですか。

それ窮民とは名誉の称ではない。それに富豪に金穀《きんこく》（金銭と穀物）を出させるにしても、その窮民の数が少なければ、受ける者の得るところは多くなる。その窮を救う効果は大きくなるのだ。諸君は良くこの所を考えなさい」

尾高の説得で、反省する者が出て、おかげで貧民は当初の四分の一になったという。

ある年などは、豊作で値段が非常に安かったので、尾高は、数百俵の麦を買い、これらをひそかに村内のお寺に保管した。二年後、その価格はほぼ三倍に跳ね上がっていた。

尾高は、それらを近隣の窮民達に貸し与えている。

というわけで、村人たちが尾高を見る目は、

「あたかも幼児が慈母を見るようであった」

という。

経費削減のために国内に石炭を求め、上州炭《じょうしゅうたん》を採掘

工場を中心に周辺の養蚕業はさらに発展し原料に事欠くことは無かった。

また、この地域の水質がいいために生糸に一種の光沢を与えたことで、アメリカ、フランスで「トミオカシルク」の名が一挙に挙がった。と同時に、さばききれないほどの注文がきたが、経費の半分を燃料が、つまりフランスから輸入される石炭が占めていて、利益のほとんどが石炭の輸送費に食われていた。当時の日本にはまだ石炭が産出されていなかった。

そこで尾高は、国内に石炭を見つけだす。今でいう上州炭だ。高崎（群馬県）の近郊の山から採れる褐炭《かったん》（最下位の品質の石炭）の採掘を決定、新しい坑道を開き、さらに搬送用の道を作ったのだ。

フランス産の石炭に比べ質は悪かったが、工場は十分に機能し、利益は大幅アップと

なった。

尾高は、さらに大鉈《おおなた》を振るった。明治八（一八七五）年はお雇い教師の契約満期にあたっていた。そこで尾高は、時期尚早《しょうそう》であるとの反対を押し切り高給取りの彼らを解雇したのである。

尾高はこう主張した。

「弟子は必ずいつか一度は師匠の手から離れるものだ。これを離れてことを為すのは、弟子自身の勇気を増すものである。わが勇気を増すのは、とりもなおさず進歩の階段であり、国利民福《こくりみんぷく》（国家の利益と国民の幸福）はここから生まれる」

そして、周囲の危惧は杞憂《きゆう》に終わった。この年のトミオカシルクは、これまでに無いできばえで大好評の内に完売したのである。

在職中、尾高惇忠は、秋蚕《しゅうさん》（七月下旬頃から以後、晩秋までに飼う蚕）を開発、その普及に努めている。

これは生産量を倍増させる大変に画期的なものであった。が、当時、秋蚕は公認されておらず、所長職にあった尾高は政府と見解を異にする事態となり、やむなく明治九年に民部省を辞職した。富岡製糸工場長の職にあること七年であった。

数年後の明治十一（一八七八）年、埼玉県令・白根多助（元・長州藩士）、大書記官・吉田清英（第三代県令）の尽力で秋蚕が公認されることになった。同年、秋蚕の実験飼育が発覚し、条例違反を問われていた川田兵治、江角七平、韮塚直衛ほか二十五名も、条例の撤廃で、大審院判決で無罪を勝ち取った。

以後、産蚕《さんさん》量は倍増、生糸の輸出量も増加し、明治政府の財政に大いに貢献したのである。

民部省辞職後の尾高、第一国立銀行に入行

その後、尾高惇忠は東京府養育院専務取締役となり、蚕種《さんしゅ》会議局会頭を兼ねた。

翌年の明治十（一八七七）年、渋沢栄一（三十八歳）の招きで、尾高惇忠（四十八歳）

は第一国立銀行に入行した。

明治十年と言えば、二月に西南戦争が勃発、九月に西郷（五十一歳）の死と共に終息した年であった。かつて一橋家に出仕していた頃に、西郷から豚鍋を三度ご馳走になるなどし、その後大蔵省に居た頃にも交友があった渋沢の胸中は、如何ばかりであったろうか。


話を戻す。

尾高も尾高なら、栄一も栄一であった。好んで仕官したわけではなかったとはいえ、誰もが争って新政府に仕官の途を求めている時代に、自ら政治権力を放棄し下野したのである。

大蔵省で栄一は、着々と業績をあげていた。その手腕からいっても、大蔵大臣の地位も目前であったといっていい。そんな新政府の名だたる高官が、明治六（一九七三）年、無位無官の実業界に身を投じてしまったのである。損得で生きていなかった証ともいえる行動であった。

井上馨という後ろ盾を失って、官界では栄一の理想を実現できないと判断したのであろうか。いや、目にした当時の実業界の体たらくが栄一の理想主義に火をつけたのだ。

第一国立銀行の創立は、栄一にとって最初の事業であった。

また、第一国立銀行は、日本最初の銀行であり、合本《がっぽん》組織（株式組織）による日本で初めての会社であった。英語のバンクを銀行と訳したのも栄一だった。

尾高、盛岡実業界のリーダーとして活躍

『尾高惇忠』の著者の荻野氏によれば、尾高は、盛岡市先人記念館編集「盛岡の先人たち」に挙げられている百三十名の一人として紹介されているとのことである。以下、荻野勝正『郷土の先人　尾高惇忠』を参照した。

栄一の求めに応じ、尾高は明治十一（一八七八）年、第一国立銀行の岩手県盛岡支店長となり、着任早々、「第九十国立銀行」設立に積極的に協力している。

また、地元の人々の推薦と島惟精《いせい》県令の肝いりで、盛岡商法会議所の所長となり、こ

こから生まれた「盛岡実業交話会」で率先指導にあたった。新時代の経済を学ぶ教育の場であったこの会から、後の盛岡経済界のリーダーたちが育っている。この盛岡実業交話会は後に「北上派《ほくじょうは》」と呼ばれた。

尾高惇忠は、東北開拓のパイオニアとして、盛岡実業界のリーダーとして、家業の藍《あい》玉《だま》（藍の葉を発酵・熟成させ、臼《うす》で突き固めたもの。藍染の原料。玉藍《たまあい》とも）の製造・販売を教授したり、盛岡第九十国立銀行の設立を支援するなどして盛岡地場産業の発展に大きな足跡を残している。

その後尾高は、明治二十（一八八七）年五月に第一国立銀行仙台支店の支配人になり、地元経済界の発展に尽くすことになった。

仙台支店時代のことである。

明治二十年、栄一（四十八歳）は、日本煉瓦製造設立にあたって、尾高（五十八歳）に用地買収のための協力を要請した。地元農民に信頼の厚い尾高でなければできない仕事であった。そして、明治二十一（一八八八）年日本煉瓦製造（株）が設立され、埼玉の地でわが国初めての煉瓦製造が開始され、以後町並みの近代化、つまりは煉瓦造りの不燃建築が明治政府によって推進されたのである。

明治二十三（一八九〇）年、藍玉の製法を発見し、専売権を得た。その一方で、製藍の改良と普及にも心を砕いた。

明治二十五（一八九二）年、尾高（六十三歳）は仙台支店を退き、と同時に第一国立銀行を辞した。銀行に従事すること十五年であった。

職を辞した尾高惇忠は、東京福住町に居住し、もっぱら藍玉の販売に従事した。十年後の明治三十四（一九〇一）年一月二日、尾高は東京深川にある渋沢栄一の別邸で没した。享年七十二。墓は埼玉県深谷市下手計の共同墓地にある。

尾高惇忠の子孫たち

尾高惇忠の次男・尾高次郎（一八六六〜一九二〇）は、苦学して上京、渋沢栄一の家の書生となり、東京高等商業学校（現、一橋大学）に入学、卒業と同時に第一国立銀行に入り、のち、監査役に進んだ。その後、第一国立銀行朝鮮総支店長、東洋生命、南洋殖産、東京電気工業、千代田ゴムなどの社長、韓国興業、東京煉瓦、第一火災海上保険などの重役を務めた。大正七（一九一八）年には、岡田忠彦埼玉県知事に懇望され、武州銀行（現、埼玉りそな銀行、りそな銀行）初代頭取に就任している。

一方で、刀江《とうこう》書院を設立、学術書の出版をするなどして、文化活動にも尽力している。著書には『陰徳新論』『刀江遺稿』がある。

惇忠の孫、つまり次郎の子供たちも、学問・芸術の分野で大活躍をした。

尾高次郎の長男・豊作《ほうさく・とよさく》（一八九四〜一九四四）は、武州銀行副頭取、刀江書院社長を歴任、一方で民族教育学に造詣が深く、郷土の教育化を主張した。

三男・朝雄《ともお》（一八九九〜一九五六）は、法哲学の啓蒙に努め、東京大学法学部長を務めた。

六男・尚忠《ひさただ》（一九一一〜一九五一）は、日本交響楽団（ＮＨＫ交響楽団の前身）の常任指揮者にその生涯を捧げた。作曲家としても活躍、その名を記念して、作曲家に与えられる「尾高賞」がある。その次男・忠明（一九四七〜）も指揮者として活躍、現在は東京藝術大学音楽学部指揮科名誉教授である。

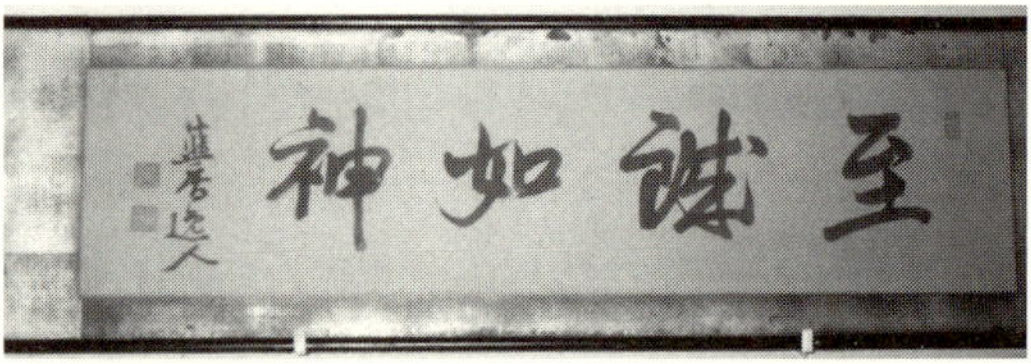

書「至誠如神」（荻野勝正氏提供）

第4章

渋沢栄一と岩崎弥太郎

政商第一号の三井の後見人・渋沢栄一

栄一と岩崎弥太郎のことに触れておかねばならない。というのも、この二人が明治経済人の双璧であったし、岩崎弥太郎は、陽明学者・岡本寧浦《おかもとねいほ》、陽明学者・奥宮慥斎《おくのみやぞうさい》の門人だったからである。

栄一は、第一国立銀行の設立以来、三井の後見人という立場となった。また、元老・井上馨《かおる》などは、三井財閥を優遇していると非難され、「三井の番頭」などと揶揄《やゆ》された。が、しかし、評論家・渡部昇一《わたなべしょういち》に言わせれば、富国強兵・殖産興業のために、明治政府は、政治家や官僚の腐敗を恐れず、財閥育成を推進するしかなかったのである（渡部昇一『渡部昇一の昭和史』ワック　参照）。

三井は、政商第一号であった。三井は、延宝元（一六七三）年創業の呉服屋「越後屋」に端を発する豪商で、鳥羽《とば》・伏見《ふしみ》に戦火が上がる前からいち早く官軍側につき、維新後特権を得、明治九（一八七六）年に三井銀行、三井物産を設立、今日にまで至っている。

倒幕倒幕と口ではいっても、スローガンだけでは実現できない。つまり、倒幕資金を用意したのは、三井であった。余談ながら、幕府より薩摩を選んだのは、かつて財政に詳しい幕臣・小栗上野介忠順《おぐりこうずけのすけただまさ》の家に中間《ちゅうげん》として住み込み、小栗の斡旋《あっせん》で三井の手代の三野村家を相続した三野村利左衛門であった。

伝統ある豪商・三井は、明治十（一八七七）年の西南戦争で莫大な利益を得た岩崎弥太郎の三菱と熾烈《しれつ》な争いを余儀なくさせられることになる。

岩崎弥太郎（四十五歳）は、栄一（三十九歳）に招待状を出し、明治十一（一八七八）年八月のある日、向島の料亭で面談した。弥太郎は、二人で日本の実業界を牛耳ろうと栄一を口説いたのである。隅田川の屋形船の中で大論争が勃発した。やがて栄一は席を立ち、弥太郎は激怒したという。栄一は「合本主義《がっぽん》」を、弥太郎は「一家の事業（個人の専制主義）」を主張して互いに譲らなかった。

弥太郎は、

「天下の人、わが手におえぬ人はないが、渋沢だけはどうも困ったやつじゃ」

としばしばもらしていたという。

三菱の明治十（一八七七）年度の純利益は、約百二十一万七千円で、今日の貨幣価値になおせば数千億円にも相当する。明治七（一八七四）年の台湾出兵の際の軍事輸送を見事にやりとげたその成果であった。政府の信頼を得た三菱の急成長ぶりは、三井、大倉、藤田らの比ではなかった。西南戦争における三菱の物資輸送の功が認められ、朝廷から三菱に慰労金などが下され、弥太郎個人に対しても、銀盃一組、紅白縮緬《ちりめん》二匹が下され、さらに勲四等に叙し、旭日小綬章《きょくじつしょうじゅしょう》が贈られた。

栄一の三井と弥太郎の三菱の死闘

栄一の三井のバックには、伊藤博文、井上馨《かおる》らがいた。

岩崎弥太郎の三菱のバックは、一に大久保利通、次いで大隈重信であった。三菱の急成長に対し、三菱の海運業独占状態にてこずっていた栄一に追い風が吹き始めるのは、明治十一（一八七八）年に大久保利通が石川県士族らに暗殺されてからのことである。

明治十四（一八八一）年、政変が起き、大隈派（福沢諭吉門下を含む）は失脚、三菱は政治的な後ろ盾を失い、一気に逆風にさらされた。

栄一と弥太郎、三井と三菱の争いは、明治十四年に結成された板垣退助を総理とする「自由党」と、翌十五年に結成された大隈を総理とする「改進党（立憲改進党）」の代理戦争へと発展していく。

この頃弥太郎は、社内に「政治不関与」を告諭《こくゆ》したが、もともと三井同様政治力を背景に発展してきた三菱である、いまさらその縁を断ち切ることはできなかった。

政府、といっても海運行政を担当していた農商務卿（参議）・西郷従道《つぐみち》（西郷隆盛の弟）だが、西郷は、「郵便汽船三菱会社」の海運業独占を怒り、新しい汽船会社の設立を提案、明治十五（一八八二）年七月、タイミングよく勃発した朝鮮事変（壬午軍乱《じんごぐんらん》）をきっかけに三井系の民間資本を導入した半官半民の「共同運輸会社」を設立した。西郷のバックには、品川弥二郎、井上馨がいた。

郵便汽船三菱対共同運輸のすさまじい戦いが始まった。東京日日新聞には、こうある。

「果然火蓋《かぜんひぶた》は切られて、運輸界は未曾有《みぞう》の大混乱を呈し、別《わ》けても神戸横浜間の両社共通航路は血の出る様な騒ぎとなった」
熾烈《しれつ》なサービス合戦、値下げ競争、スピード競争が繰り広げられたが、弥太郎は根を上げなかった。弥太郎は、
「いったんこうと決めたらテコでも動かない〈土佐の異骨相《いごっそう》〉」（嶋岡晨《しん》『実業の詩人岩崎弥太郎』名著刊行会）
であった。異骨相とは、「頑固で気骨のある男」のこと。

栄一のえらさは、士族を経済社会に引っ張り込んだこと

渋沢栄一について、第一生命保険相互会社・櫻井孝頴《たかひで》会長が次のようなことを述べている。

「私が大学時代、経済史の先生は、

『渋沢栄一のえらさは、士族を経済社会に引っ張りこんだところにある』

と、なんどもいわれました。

封建身分制下、商売は卑しいこととされてきましたから、維新後も、士族はなかなか経済界に入ろうとはしませんでした。しかし、当時、最大のインテリ階級である士族を引き込まなければ、資本主義を立ち上げることはできません。そこで渋沢は、経済道徳合一主義、いわゆる『論語と算盤』を掲げて、優秀な士族をリクルートすることに成功した。

幕末、藩から選抜されて外国へ留学した優秀な連中も、帰国してみると、藩がなくなっていて、これからどうしようかと途方にくれました。そういう人材を経済界に迎え入れたことが、渋沢の最大の功績です。そして彼らがリーダーになって、日本の資本主義をつくり上げていく原動力になります」(『文藝春秋』平成十五年七月号、「特集　よみがえれ、『坂の上の雲』、偉大なる明治の〈プロジェクトX〉」)

栄一もさることながら、士族を取り込んだという点では、坂本龍馬や岩崎弥太郎も同様であった。

ただ、弥太郎には渋沢論語に匹敵する経営哲学がなかった。

三菱、海運独占

閑話休題。ここで岩崎弥太郎（一八三四〜八五）についてである。「政商」と称された岩崎弥太郎は、坂本龍馬が生まれる前年、土佐（高知県）に生まれた。号を東山という。

安政元（一八五四）年、初めて江戸に出て安積艮斎《あさかごんさい》に学ぶ。帰国後土佐藩の開国論者・吉田東洋と東洋の義甥でその門下生の後藤象二郎と出会い、商館・開成館の貨殖局下役となり、その後、長崎勘定役（新留守居組）に抜擢され、開成館の出先機関・土佐商会の実権を握った（長崎の土佐商会を任されたこの時点で、弥太郎は晴れて上士となった）。明治三（一八七〇）年、土佐開成社（九十九《つくも》商会）を設立、海運業に乗り出したのである。

その後、廃藩置県を契機に官を辞し、九十九商会を解散、藩船などの払い下げを元手にして大阪に三菱商会を設立。さらに政府を後ろ盾として、日本国郵便蒸気船会社と三菱商会が合併、設立した郵便汽船三菱会社は我が国海運業を独占するまでに急成長した。盟友・大隈重信の下野を契機に、政府の多大な保護を受けた三井資本をバックとする共同運輸会社との激しい競争となるも、そのさなかに胃癌で病死。享年満五十。

多少省略したが、以上が一般的な人名事典の記述である。

参考までに、九十九商会の九十九とは、土佐湾の別称の九十九洋《つくもなだ》から命名している。また、三菱のマークは、土佐藩主・山内家の紋章「三葉柏《みつばがしわ》（三ツ柏）」と岩崎家の紋章「三階菱」の二つを合体したものであった。

郵便汽船三菱と共同運輸のその後のことにちょっと触れておく。

価格競争は激化の一途を辿った。やがて両社ともに疲れきり、明治十八（一八八五）年七月、共同運輸の新社長・森岡昌純《まさずみ》はひそかに三菱の新社長・岩崎弥之助を自邸に招き胸中を吐露《とろ》しあって合併を合意した。岩崎弥之助は、弥太郎の弟で、弥之助の妻は、元土佐藩士で政治家の後藤象二郎の娘であった。

政府が調停役になり、対立一年余りで共同運輸は事実上三菱に吸収合併され、合弁会社・日本郵船となった。弥太郎は草葉の陰で、してやったりとほくそえんだに違いない。以後、三菱は更に大きく発展することになる。

栄一は合併に最後まで反対していたというが、実は、栄一の苦労も実っていた。弥太郎との死闘は無駄ではなかった。

佐野眞一《しんいち》『渋沢家三代』（文藝春秋）にこうある。

「両者が合併して生まれた日本郵船が、栄一が主唱してきた合本主義によって運営される、日本で最初の本格的株式会社となったことを重視するならば、最終的な勝利者は栄一だったということもできるだろう」（第三章）

その後栄一は、浅野総一郎が明治二十（一八八七）年に設立した船会社「浅野回漕店《かいそう》」を援助する。浅野はゲリラ戦で売り上げをあげていった。「浅野回漕店」は栄一、安田善次郎らの援助を得て、明治二十九（一八九六）年、東洋汽船となる。

弥太郎、伯父で陽明学者の岡本寧浦《ねいほ》に師事

弥太郎について話を続ける。

弥太郎の曽祖父・弥次右衛門のとき、酒と博打《ばくち》で家計不如意《ふにょい》となり、郷士株《ごうしかぶ》を売り飛ばし地下《じげ》浪人となっている。その後、弥太郎二十八歳のとき、郷士の家格を回復している。弥太郎の父・弥次郎は、やはり大酒飲みだったが、世話好きだったという。曽祖父、父に似て、弥太郎もやはり酒豪だった。余談ながら、弥太郎は福沢諭吉とは馬が合った。諭吉も弥太郎に負けず劣らずの大酒のみだった。

一方、母・美和は、働き者で意志の強い聡明な女性で、弥太郎の教育に熱心だった。弥太郎は、十三歳頃から、弥次郎の弟で儒者・岩崎弥助（号・硯山《けんざん》）の塾「秋香村舎」に通い読み書きを教わった。その後、母方の祖父で町医者の小野慶蔵と儒者・小牧米山《めいざん》に師事した。

嘉永《かえい》元（一八四八）年、弥太郎（十五歳）は高知城下に出て、伯父・岡本寧浦の家に寄宿する。寧浦の妻は、弥太郎の母の姉・ときであった。この伯父の岡本寧浦こそは土佐藩でも屈指の陽明学者であった。

寧浦について、嶋岡晨『実業の詩人　岩崎弥太郎』にこうある。※（　）内は筆者注。

「〈紅友〉とは味の淡白な酒のことだが、そのこのみの酒を朱塗りの樽ごと教室に据えておき、王陽明の学に程朱の学（朱子学）や仏学（仏教）をまぜた自在な講義がおわると、寧浦は、門弟たちと酒をくみかわしながら、さらにのびのびと討論をたのしむ。講義中、膝もとの畳をむしる妙な癖を持つこの師は、大兵肥満《だいひょうひまん》のからだを洗いざらしの木綿の着物につつみ、いかにも磊落《らいらく》な態度で若者たちに接した。弥太郎が入門寄宿した頃は、五十五歳。——子のない寧浦は、甥・弥太郎を養子に、と希望したことがあったというから、弥太郎もよく勉学し、かなり師の気に入られていたのだろう。だが、師は六十歳で病没し、その話は立ち消えになり、甥は井ノ口に帰る」

弥太郎が寧浦に学んだのは五年ほどの事であったろう。

寧浦は好きな酒「紅友」を私塾の名としたようである。一説には、「紅友」とは酒の別名とある。酒を飲むと顔が赤くなるからだという。

弥太郎の酒好きも、師・寧浦に鍛えられてのことか、ともかくも師譲りかと思われる。

弥太郎、陽明学者・奥宮慥斎に師事

安政元（一八五四）年、江戸で学問を究めたいと思い悩んでいた弥太郎（十九歳）にチャンスが訪れる。

岡本寧浦の門人で陽明学者・奥宮慥斎の江戸行きの話を耳にした。師の寧浦は前年に亡くなっていたが、弥太郎は、寧浦を介して奥宮慥斎を以前から見知っていた。地下浪人のせがれが出国許可を得るには、この機会を逃さず慥斎のような江戸詰め藩士の従者になるしかなかった。

弥太郎は、高知城東の布師田《ぬのしだ》村に慥斎をたずね、頼み込んで許可を得、奉行所に出府手続きをすませた。弥太郎が慥斎の門人になったのはこの時のことと思われる。弥太郎の両親は、所有する山を一山売って遊学費用を捻出したという。

同年九月、慥斎一行は江戸に向かって旅立った。江戸に向かう道中、弥太郎は慥斎に学問を学び、大いに詩作を楽しんだ。

修行の志ある者にとって、逆境こそが修行磨練《まれん》の機会だ

慥斎の言葉を挙げておく。森銑三《せんぞう》『偉人暦』続編下（中公文庫）を参照した。

「学者は須《すべか》らく早起きすべし。早起きは、即ち善の基を為す。一日の事、大抵起時《きじ》にあってト《ぼく》すべき也」

早起きをして、その日のスケジュールを組み立てるべきだ、というのである。

これは、人は、重大な決断をするときは、夜ではなく朝が良い、という王陽明の言葉を受けての発言なのである。何故かと言えば、人は「夜明けのうちに起き上がり、まだ物事に触れないでいるとき、その心は清明なる気風で占められている」（『伝習録』上巻七〇条）のだが、次第に周りの環境の刺激を受けて私欲が活発化してしまい、朝に比べて夜は私欲が肥大化していて判断の公平性が失われてしまうのだというのである。

「一善をなせば、二善これに従い、十善をなせば百善これに従う。悪また然り」

もっとも陽明学者らしい言葉は以下である。※（　）内は筆者注。

「眼能《よ》く人の長所を見、心能く己の短所を見る。かくの如き者鮮《すくな》し」

「人生種々《しゅじゅ》逆境、うるさきこと、難《むずか》しきことあるものなり。これをとにかく逃げ回るは、吾儕《わがせい》（我々）卑怯《ひきょう》書生の常情《じょうじょう》（常識）なり。ここに修行磨練の志なければ逃げまわるも理《ことわり》なり。いやしくも修行の志ある者は、これを逃れて別に修行磨練の地あらんや。たとえば、武者修行の難しき相手に出会いたるごとし。真の武者修行者ならば、あにむずかしき相手を嫌うべけんや。望み好むところなり。もしそれ偽《にせ》修行者ならば逃げ去るべし。吾儕修行の真偽を試みるは此地《このち》にしくはなし。勉強勉強」

第5章

道徳経済合一説

「苦楽合一」

奥宮慥斎《おくのみやぞうさい》の教えが出たところで、ここで陽明学左派の教えにちょっと触れておこう。

剣道の稽古をするとしよう。自分より弱い相手か、同程度のレベルの相手とだけ稽古をしていれば、それはそれは楽な稽古であろうが、楽な稽古をしていたのでは、自分の実力が向上することなどありえない。

要は、自分より実力が上の者と日々稽古をしなければ、本当の稽古とはいえないのである。日々楽ばかりしていたのでは、実力を養うチャンスを逸していることになる。

また、真剣に成れと言われても、そうは簡単になれるものではない。逆境こそが、真剣という境地に成らせてくれているのである。逆境に身をおくからこそ、工夫と努力を余儀なくされるのである。つまり、逆境は、マイナスの出来事などではなく、自分を磨く、実力をつける絶好の機会なのである。

白隠《はくいん》禅師の言葉とされる、

「楽は苦の種、苦は楽の種」

とは、そういうことを説いている。言い換えれば、「苦と楽は、肉眼で見れば有るけれど、心眼で観れば無い」といえる。順境が来ようが、逆境が来ようが、やることはただ日々自分を律して生きるだけであり、日々自己修養があるだけなのだ。

誰しも、お金の心配も何の苦労もしなくていいようなリッチな家に生まれることは、幸せなことだと思うはずである。

黙っていても客が入ってきてくれる立地条件のいい店舗を持つことは幸せなことだと誰もが思う。

果たしてそうであろうか。

楽な境遇に甘んじ続けること、楽をし続けることとは、工夫と努力をしないということであり、自分を甘やかすことになり、使い物にならない人間に成ってしまうということを意味している。楽が苦を生じ、苦から逃げないでひたすら工夫と努力をすることは楽を生じる。今まで苦と思っていたものが、楽に、楽だと思っていたものが苦に変じるのである。苦が楽をもたらし、楽が苦をもたらす、という意味で、苦と楽は元々一つである、苦（不幸）と楽（幸）は、別々に存在しているのではない、苦と楽は元々一つ、つまり「苦楽合一」なのである。面倒くさいこともしかりで、「面倒くさいことから逃げない」。苦から逃げ回らない生き方が大切なのである。

慥斎の影響を受けて独学で陽明学を学んだのが、自由民権運動家の植木枝盛《うえきえもり》である。慥斎の三男の奥宮健之《けんし》は、明治の英文学者で自由民権を主張した社会運動家として知られている。

本項のテーマは陽明学左派である。奥宮慥斎は、三教一致の陽明学左派であった。ということは、幕末期に全盛期を迎えた土佐陽明学は、陽明学左派であった。

岩崎弥太郎、梁川星巌《やながわせいがん》に会って感銘を受ける

江戸に向かった弥太郎のその後のことである。安政元（一八五四）年の十月下旬、京都に入った弥太郎はいろいろな人に会ったが、特に感銘を受けたのは漢詩人の梁川星巌

であった。星巌はその晩年、春日潜庵に師事し、陽明学に傾倒したことは既に述べた。弥太郎は、陽明学もさることながら、漢詩をよくした。それだけに、陽明学にも詳しい高名な漢詩人との出会いには大感激したに違いない。

念願かなって江戸の安積艮斎《あさかごんさい》の塾に学んでいた弥太郎は、安政二（一八五五）年十月初め数千名の死者を出した「安政の大地震」に遭遇する。

安積艮斎といえば、弥太郎の師で伯父の岡本寧浦《ねいほ》と師友の交わりをした人物であった。

この大地震のとき、弥太郎は二十二歳。当時の一挿話がある。

「師・艮斎はそのとき、親類から預けられていた狂人の保護を、弥太郎にたのんだ。弥太郎は、すぐ麻縄で狂人を縛りあげ、ひっかついで安全な場所にのがれた。また、重傷をおった塾生を救い出し、『事を処するや断然猶予《ゆうよ》せず、義を見て為さざるはなし』と、師の信頼を得、塾生たちからも讃えられた」（『実業の詩人　岩崎弥太郎』）

大地震の翌々月、弥太郎は、父重体の手紙を受け取った。

やむなく、奥宮慥斎から「箱根関所切手改メ《きってあらため》二枚」と餞別《せんべつ》を受け取り、同年十二月に帰藩を果たした。その後、酒の席で何者かに殴打《おうだ》されたという父親の事件に巻き込まれて役所を批判、投獄されるなどの逆境を乗り越え、安政四（一八五七）年、私塾を開設、子弟を教導する傍ら、詩人として知られる長楽寺（長浜村）の僧・月暁《げっきょう》に詩作の指導を受けている。

月暁は、参政（仕置役）・吉田東洋、山内容堂にその詩を愛された詩人・森田梅磵《ばいかん》らと親交があった。梅磵は、あの梁川星巌の門人であった。月暁の紹介であったとも伝えられているが、弥太郎は、翌安政五年、吉田東洋の少林塾に入門、郷廻《ごうまわり》（郡奉行配下の郷村巡察役）の職に就く。

その後、藩命で長崎に出張したことをきっかけに、政商としての道を歩むことになる。弥太郎の、土佐商会主任という地位を通じて海援隊長・坂本龍馬との交遊が始まるのである。海運業という共通の目標が二人を親密にしたのだった。

話を渋沢栄一のことに戻す。

前述の通り、栄一が本格的に陽明学に傾倒し始めるのは、明治三十五（一九〇二）年、六十三歳の時の欧米視察以後のことである。イギリス人の商業道徳の高さに感動したことがきっかけとなった。

栄一は、

「経済人が、政治家と対等に応対するためには、イギリスの経済人のように、商人自身が高い商業道徳を身につけるべきなのだ」

との深い気づきと目標を得たのである。

明治三十五年といえば、同年一月にロシアとの対決準備のための日英同盟が結ばれた。日露戦争は、二年後の一九〇四年のことである。

栄一と陽明学者・三島中洲《ちゅうしゅう》

栄一と三島中洲との間に親しい交遊があったことは比較的に知られた事実である。

三島正明『最後の儒者　三島中洲』（明徳出版社）にこうある。

「この二人がかなり親しく交際したことは事実である。晩年の中洲が死後の學舎の経営を渋沢の手に委ねていることからも明らかである。渋沢は明治四十三年に、二松義会の顧問に就任し、大正五年に会長となる。既に中洲は九十歳に近く、渋沢も八十歳に近い。中洲の葬儀で告別の辞を述べたのも渋沢であった。ふたりを引き合わせたのは、大審院長の玉乃世履《たまのせいり》であったという。玉乃が渋沢に中洲を紹介したのは、渋沢の先妻・千代《ちよ》の碑銘を書くためであった」（「明治の漢学と中洲」）

栄一の先妻・千代は、明治十五（一八八二）年、栄一が四十三歳の時に亡くなった。また、栄一や尾高惇忠《おだかじゅんちゅう》とも親しかった玉乃世履は、中洲の旧友であった。中洲は、二十三～二十七歳の頃に遊学した津《つ》藩の斎藤拙堂の塾で、岩国から遊学していた五歳年上の世履と出会ったのだった。そして、中洲が新政府に迎えられたのは、世履、法制官僚・鶴田皓《あきら》、松本暢らの推挙によるものであるという。

明治四十一（一九〇八）年、栄一（六十九歳）は、二松學舎《にしょうがくしゃ》（現、二松學舎大学）の創設者で陽明学者の三島中洲（七十九歳）から「道徳経済合一説」という小冊子を受け取った。中洲はこの年の十一月に哲学会で「道徳経済合一説」と題して講演をしている。後述するが、この時の講演録が中田勝《まさる》『三島中洲』（明徳出版社）に掲載されている。

栄一が中洲の説に大いに共感したことはいまさらいうまでも無いことだが、栄一は『論語講義』にこう記している。

「余は、平生《へいせい》、論語と算盤説を唱え、実業を論語に一致せしめんと企図《きと》し、余が尊信する三島中洲先生も同工異曲《どうこういきょく》とでもいうべきか、論語を経済に一致せしめんと説かれき」

三島中洲の「道徳経済合一説」

ここで、中洲の「道徳経済合一説」に触れておきたい。

冒頭次のように述べている。

「さて今日は道徳経済合一説と題しまして、講演を致します。この合一説を思いつきましたのは、凡《およ》そ学問というものは、知行の二字を出ない、そこから思いついたのです。

まず学問をする始まりは、物の道理を研究して、知ることが始まりでございますけれども、知ることは行うことのためです。その知る方では、なるだけ分析をして知らなければなりませんが、しかし行う段になると、分析したものを一緒にして行わなければ役に立たない。それでこの合一説という事を思いつきましたのです。研究する時は、道徳は道徳、経済は経済と分けて分析せねばなりませんが、行う時は、一つになってしまうということであります。この説の出る根元は、私が平生《へいぜい》、尊奉していますす陽明学、その陽明学の理気合一《りきごういつ》、知行合一《ちぎょう》の実際の工夫のところと、冒頭に当りご承知のほどをお願いしておきたい。それでは道徳と経済の根元からお話したいと思います」

この講演で、中洲は、道徳と経済の出典は

「誠は天の道なり。これを誠にするは人の道なり」(『中庸』)

であるという。

以下、中洲の説を要約する。

天はただ、万物を生養し化育することを仕事にしており、その仕事には誠があって嘘がない。まさに天の道徳であり、天の道である。で、万物を生養化育するには一つの条理というものがあり、その条理を指して、道徳といい、万物を生養する方からいえば、経済という。つまり、天の道においては、道徳と経済とが合一しており、天の経済を受けて、人の経済、すなわち衣食住がある、と述べている。

引続き、『書経』『易経』『礼記《らいき》』や四書の経典の言葉を引用しながら、道徳経済合一説には学問的裏づけがあることを説いたのだった。

一例を挙げておく。

「『易』には、〈元亨利貞《げんこうりてい》〉の四徳が始終説いてありましてその〈文言伝〉には、〈利は、義の和なり〉としてありまして、義を行う結果が、利益を必ず得るものだといっています」

三島中洲、背水の陣で、二松學舍を開業

三島中洲（一八三〇〜一九一九）は、漢学者であり二松學舍大学の創設者として今日に知られている。

備中窪屋《くぼや》郡（現、岡山県倉敷市中島西町）に生まれる。名を毅《き》という。幼くして備中松山藩（現、岡山県高梁《たかはし》市）の陽明学者・山田方谷に学び塾長を務めた。のち、伊勢の津藩の斎藤拙堂に師事、二十八歳のとき江戸に出て、昌平坂《しょうへいざか》学問所の佐藤一斎、安積艮《あさかごん》斎《さい》に師事した。ここで出会ったのが、師友となった中村敬宇《けいう》（正直）であり、高杉晋作であった。

安政六（一八五九）年、中洲（三十歳）は、方谷の推薦で、松山藩校・有終館の会頭となる。方谷の弟子となった長岡藩の河井継之助《かわいつぐのすけ》と親しくなったのはこの年のこと。継之助は、今日、陽明学者として知られている。

維新後の明治五（一八七二）年、旧友・玉乃世履らの推薦で明治政府に出仕、一時法《ほう》曹《そう》界で活躍するも明治十（一八七七）年六月辞官した。

後年、栄一に宛てた手紙に次のようなことを述べている。以下意訳。

「政府の都合で大審院判事の職がすべて廃止されてしまい、私も浪人無職の身となりました。熟考の末、自活の算段をしなければならなくなりました。世間を顧《かえり》みれば、洋学が盛んになり漢学が絶滅しようとしていることに憤りを覚え、一つは漢学再興のために、一つは自活のために、退職金の二百円で自邸内に小学舎を建て、背水《はいすい》の陣で開業いたしました」

西南戦争が起き、師・方谷が没した中洲四十八歳の年の明治十年十月、麹町一番町に家塾・二松學舎（現、二松學舎大学）を設立、学問の欧風化に危機感を覚え、敢えて漢学を教えた。学舎を置いた自宅内に二本の松があったことから、二松學舎と命名したという。

三島中洲、宮中で初めて陽明学を講じる

当時二松學舎は、福沢諭吉の慶應義塾、中村敬宇（正直）の同人舎と並び三大塾と呼ばれた。

中村敬宇（一八三二〜九一、江戸麻布）はかつて陽明学を学んでいた。中村は、陽明学者・佐藤一斎の門人で、昌平坂学問所の教授を務め、儒官に列せられたほどの漢学の素養があった。

明治期に福沢の『学問のすゝめ』と並ぶ一大ベストセラーとなった『西国立志編《さいごくりっしへん》』（英人・サミュエル・スマイルズの『セルフ・ヘルプ（自助論）』の邦訳）を刊行、キリスト教徒としても知られている。

中洲は、その後、東京師範学校（四十九〜五十六歳）、東京大学漢学部（五十〜五十七歳）で教え、大審院検事を務めている。その漢学の学殖《がくしょく》は、重野安繹《しげのやすつぐ》（成斎）、川田甕江《かわだおうこう》（剛）と並び、明治の三大文宗《ぶんそう》（文章・文学の大家）と称せられた。

明治二十九（一八九六）年、中洲（六十七歳）は、東宮《とうぐう》（皇太子）侍講《じこう》（君主に対して学問を講義する人）を拝命、明治天皇が崩御した明治四十五（一九一二）年から宮内省御用掛に変わるが、八十六歳の年まで、大正天皇の侍講職を務めた。

その間、明治三十三（一九〇〇）年、中洲（七十一歳）は王陽明の「四句訣《よんくけつ》（四句教《しくきょう》）」を講義、座右に掲げたいという皇太子に請われて大書している（筆者注：四句教は「四《し》言教《げんきょう》」「四句宗旨」などともいう。王陽明がその最晩年に、高弟の王龍渓《りゅうけい》と銭徳洪《せんとくこう》の二人に授けた四句の教義、「善無く悪無きは、これ心の体、善あり悪あるは、これ意の動、善を知り悪を知るは、これ良知、善をなし悪を去るは、これ格物」を指す）。

この頃中洲は、

「かつて北畠親房《ちかばたけちかふさ》は、後醍醐《ごだいご》天皇のために朱子学を講じたが、宮中で初めて陽明学を講じたのは、この自分である」

といった内容の漢詩を作っている。

余談ながら、明治三十一（一八九八）年、高瀬武次郎『日本之陽明学』（鉄華書院）が、明治三十三（一九〇〇）年には井上哲次郎『日本陽明学派之哲学』（冨山房）が刊行されている。井上については後述する。

大正八（一九一九）年五月十二日、中洲は永眠した。享年九十。

中洲の門人には、福島安正陸軍大将、軍神・橘中佐で知られる橘周太《たちばなしゅうた》、夏目漱石、中江兆民《ちょうみん》、婦人解放運動家・平塚雷鳥《ひらつからいちょう》、キリスト教牧師・植村環《たまき》（明治・大正期のキリスト教指導者・植村正久の三女）、実践女学校などを創立した女子教育者・下田歌子、政治家・犬養毅《いぬかいつよし》、洋画家・黒田清輝《せいき》、講道館柔道の創始者・嘉納治五郎《かのうじごろう》らがいる。なお、先述したが、東洋のルソーと呼ばれた自由民権家・中江兆民は土佐陽明学派の奥宮慥斎《おくみやぞうさい》の門人でもある。

陽明学者・細野燕台《えんだい》と交遊、陽明学に傾倒した犬養毅

犬養毅に触れておく。犬養（一八五五〜一九三二）は、号を木堂《ぼくどう》といい、庭瀬藩《にわせ》（岡山県）大庄屋（郷士）の家に生まれた。慶應義塾に学ぶ。ジャーナリストを経て、官に就くも「十四年政変」で下野。立憲改進党創立に参加、大隈重信《おおくましげのぶ》の謀将《ぼうしょう》（計略に秀でた将）として政界で活躍、国民党・革新倶楽部の党首を経て、昭和四（一九二九）年政友会総裁に選ばれ、ついで同六（一九三一）年首相に。翌年、五・一五事件で射殺される。子に吉田内閣の法相を務めた犬養健《いぬかいたける》（評論家・小説家の犬養道子の父）、弟子に政治評論家・山浦貫一がいる。

と、まあ、これが一般的な犬養毅像であるが、犬養は、七歳の時に庭瀬藩医で、禅や老荘にも長じた陽明学者の森田月瀬《げつらい》（葆庵《ほうあん》）に師事している。

当時、森田月瀬は、

「東の福沢諭吉、西の森田月瀬」

と称されたほどの声望の高さであった。

十一歳で犬飼松窓《いぬかいしょうそう》の三余塾に入門しているので、四〜五年ほど森田月瀬に師事したものと思われる。月瀬の兄は、幕末期その名を知られた陽明学を好む儒学者・森田節斎《せっさい》であった。余談ながら、犬養が師事した犬飼松窓《いぬかいしょうそう》（一八一六〜九三）は、聖賢の教えを農業に活かすことを説き、詩人・陶淵明《とうえんめい》を敬慕《けいぼ》する儒者であった。

犬養は、煎茶家で陽明学者・細野燕台《ほそのえんだい》（一八七二〜一九六一、金沢）と親しく交遊していた。細野燕台といえば、陶芸家で美食家して知られる北大路魯山人《きたおおじろさんじん》の師であり後援者であった。また、燕台は電力の鬼・松永安左衛門《やすざえもん》と交遊、三越百貨店美術部のアドバイザーを無給で務めた。燕台最後の漢学の弟子といわれる人物に日本画家・伊東深水《しんすい》がいる。

燕台は、犬養の突然の死を知り、呆然としたという。数日後、追悼の意を表し、燕台が犬養から受け取った書簡を集めた『木堂先生尺牘《せきとく》』という小冊子を知人達に配布している。

犬養は、刀剣に詳しく、刀剣を愛好し鑑賞すること当代随一といわれ、明治三十三

（一九〇〇）年には、西南の役で知り合って以来親しくしていた谷干城《たにかんじょう（たてき）》らとともに刀剣会を設立したほどであった。

谷干城についてちょっと触れておく。明治十（一八七七）年の西南の役で熊本城を死守した名将として知られる谷干城は、土佐藩の陽明学者・南部静斎《せいさい》の門人であった。明治十三（一八八〇）年、儒学の研究会「斯文会《しぶんかい》」を干城らが創設したとき、岩崎弥太郎はポンと一万円を寄付している。

また、犬養は漢詩や書もよくした。特にその書は有名で、大正期を代表する政界の能筆家としてはトップと評され、王陽明の詩や言葉（例えば「知行並進」など）を多く書いている。

三島中洲、四十三歳頃から陽明学を奉じはじめる

中洲の学は三変した。陽明学者・山田方谷《ほうこく》に師事したとはいうものの、誰しも朱子学からスタートを切るわけで、中洲も朱子学者として出発、伊勢津藩に遊学して折衷《せっちゅう》学的

立場となり、四十三歳で明治政府に出仕してからの約十五年の間に陽明学を実地に習得、奉じるようになった。

　陽明学を誰かに学ぶとすれば、陽明学者の講義を聞いたり本を読むより、かつて河井継之助が山田方谷の弟子となって起居を共にしたように、陽明学者の、中洲の日常生活に学ぶほうが具体的であり確実であろう。

　以下、明治十六（一八八三）年に入塾し食客《しょっかく》（居候）となった河野宇三郎の回想の意訳である。※（）内は筆者注。

「私がお側に置いて頂いている頃の中洲先生は、既に知命《ちめい》（五十歳）を過ぎておられて、髪は白く腰もやや曲がり、歯は上下ともに義歯でありましたが、その勤勉ぶりは到底門外人は想像することはできないでしょう。夏は午前五時頃、冬は六時半頃起床し、……早朝塾生のため講演し、その後急いで洋服に着替えて、車で大学あるいは高等師範学校に行かれて教授され、一回も自分から休まれたことはありませんでした。更に、夜は深夜まで講義の準備をされ、あるいは頼まれた文稿を起草され、家人《かじん》（家の者）で先生のお休みになられる時間を知る人はいませんでした。特に、常人には真似のできないことが一つあります。それは、受け取られた手紙に対して、必ずその夜に返事を書かれ、その他のさまざまな信書とともに、二、三通、ないしは五、六通を翌朝郵便ポストに投函されて、一日も先延ばしにされたことはありませんでした」(『最後の儒者　三島中洲』)

「見利思義《けんりしぎ》(利を見ては義を思う)」

話を元に戻す。

中洲は、この「道徳経済合一説」を発表する約二十年前の明治十九(一八八六)年、五十七歳の時に既に同じ主旨の「義理合一論」を提言していた。

中洲の遠縁にあたる三島正明は、

「中洲の独自の思想と言えば義理合一論であろう」(同、「明治の漢学と中洲」)

と述べている。

「義理合一論」についてである。中洲(六十六歳)は、明治二十八(一八九五)年にこんなことを述べている。以下、意訳。

「皆様から、〈先生は、二松學舎を創建されてから二十年このかた大勢の子弟を教えられて居られます。先生の学問の標準は何でございますか〉と尋ねられたら、私は赤面するばかりでございます。浅学非才、古人をしのげるほどの持論をまだ出せないでおります。然しながら、本読みばかりでは心が落ち着きません。実行上提言ができないものかと、あれこれ長い間考えました。

そして〈見利思義《けんりしぎ》〉（『論語』）の語にひらめきました。この言葉は、お互いの生活に日常欠かせることができません。然も広大な教えでございます。（中略）この言葉に教えられまして義利合一の四字を提唱したいと存じます。広い世間を大手を振って歩くには、不当な利得をしないことでございます」（三島中洲『中洲講話』「学問の標準」）

『論語』憲問篇の「利を見ては義を思ふ」の言葉から、「義利合一」を導き出すにいたったというのである。

生を欲して利を好むのは、悪いことではない

以下、中洲（五十七歳）の「義理合一論」からである。

「人はこの一元《いちげん》・生々《せいせい》の気を受けて、先祖より子孫に伝えて、生々するものであるからして、満身、活発で、ただ生《せい》を欲するものである。既に生を欲すればこそ、衣・食・居の利を求めて、この生を遂げようとするのは必然の勢いである。だから子供は生まれてくると、すぐに乳を吸おうとする。これが食を求めることの初めである。寒ければ泣き、着物を重ねると泣きやむ。これが衣を求めることの初めである。地に置けば泣き、抱けば泣きやむ。これが居を求めることの初めである。

それよりだんだんと成長し、男女の情も生じて、富貴栄誉《ふうきえいよ》をも望み、いろいろと自分の都合で競争するのは、ただこの生々の気があるからである。（中略）このような、生を欲して利を好む心が、自愛の心であって、決して悪いことではないのである。

孔子の言葉に、

〈仁は人なり〉

とあり、人情が直《す》ぐに仁であるといわれ、孟子の

〈仁は人の心なり〉

とあるのも同じ意である。

また顔子《がんし》の言葉に、

〈仁者は自ら愛す〉

揚子《ようし》の言葉に、

〈自ら愛するは仁の至れるなり〉

ともあって、自愛の人情は、我が身に向けての仁ではあるまいか。ただ自愛が過ぎて、人を損害することになれば、悪と呼ばれる。

このような、生を欲して利を求める自愛の心は、自分ひとりが抱いているものではなく、天下の人々より万物に至るまで、みなこれを抱いているのである。そのようであるから万物の心と我が心とは同一なのである。

（中略）自分が生を欲するからこそ、人が死ぬのを見ては可愛そうと思い、自分が利を好むからこそ、人が不自由しているのを見ては気の毒と思うのである。聖賢はただこの

心を拡充して、天下の人々の〈生を養ふ〉、その利を図《はか》らんとしているだけである」（『中洲講話』「義利合一論」）

中洲は他にも、

「利を得ざるの義は、真義にあらず。また義に由《よ》らざるの利は、私利浮利《しりふり》にて、真利にあらざるなり」

「義は利の初め、利は義の終わり」「真利真義合一」

などと述べているが、要は、

「義理と利害は元々一つのものである」

と説いたのである。

第6章

論語を礎として商事を営み、算盤を執りて士道を説く

洋画家・小山正太郎作「論語と算盤とシルクハットと刀の絵」（渋沢史料館所蔵）

算盤《そろばん》と論語と一にして二ならず

中洲《ちゅうしゅう》が「道徳経済合一説」を説いた翌年の明治四十二（一九〇九）年、当時東宮（皇太子）侍講《じこう》（家庭教師）であった中洲（八十歳）が栄一宅を訪ねてきた。その際、栄一は、古希《こき》七十歳のときに知人・福島甲子三《かしぞう》からもらった書画帖にある一枚の絵を見てもらった。その絵というのは、洋画家・小山正太郎《こやましょうたろう》が、朱鞘《しゅざや》の刀とシルクハット、『論語』と算盤を並べて描いたもので、

「論語を礎として商事を営み、算盤を執《とり》て士道を説く、非常の人、非常の事、非常の功」

という句が書き添えられていた。

朱鞘の刀とシルクハットは、

「士魂商才」

を表していた。

小山正太郎にちょっと触れておく。小山正太郎（一八五七〜一九一六、越後長岡）は、明治時代を代表する洋画家の一人である。洋画・文人画家の川上冬崖《とうがい》、フォンタネージ

らに師事。画塾不同舎を主宰、後進の育成に尽力し、洋画家・中村不折《ふせつ》、画家・小杉放庵《こすぎほうあん》、洋画家・満谷国四郎《みつたにくにしろう》、洋画家・坂本繁二郎《はんじろう》らを輩出した。

栄一は、東京ガスの福島甲子三から贈られた絵と三島中洲とのことについて次のように述べている。※（　）内は筆者注。

「余の知人に福島甲子三といふ人あり。……明治四十一年余が古希七十の賀を致した際に、福島氏は三巻の書画帖を贈って下された。当代に名ある方々が色紙にお書き下された書画を纏《まと》めた帖《じょう》（折り本、冊子）である。

徳川慶喜公が題辞をお書き下されてある。この画帖の中に洋画家の小山正太郎氏が銀《ぎん》泥《でい》の色紙に画かれた絵が一枚入ってをる。その図取りが実に面白いもので、朱鞘の刀とシルクハットと算盤と論語との四つをうまく配合してかいてあるのである。朱鞘の刀は余が少年の時撃剣を稽古して、武士道の心得あるを表はし、シルクハットは余が紳士の体面を重んじて、世に立つ心あるを表はしたものらしく思はれ、論語と算盤は、余が商売上の基礎を論語の上に置く信念を表はし下されたものである。

この画には
『論語を礎として商事を営み、算盤を執りて士道を説く、非常の事、非常の功』（「非常の人」が抜けている。正確には、「非常の人、非常の事、非常の功」）

といふ句を書き加へられてある。

余はこの図を拝見し、非常に面白く感じたので、その後、当時の東宮侍講であらせられた三島中洲先生が拙宅をお尋ね下された時に、これをご覧に入れると、先生も曽《かつ》て義利合一論を起草になつたことがあるといふので、小山氏の画を見られてから、特に余のために論語算盤説の一文をご起草になり、ご自身に拙宅までお持ちになって、余にお贈り下された。

余は中洲先生のこのご好意を、非常にありがたく感じてご寄贈の一文は装潢《そうこう》（表装）して、珍蔵してゐるが、先生のお説は、余が平生胸中に懐く経済道徳説を、経書によつて確乎たる根拠のあるものにして下されたもので、余の論語算盤は、これによつて一層光彩を添へたやうな気がするのである。その文中

『画師よく男（余当時男爵なりき）を知る。然《しか》れどもこれ一を知つて未だその二を知らざるなり。何となれば云々、算盤と論語と一にして二ならず。男嘗《かつ》て余（中洲先生）に語つて曰く
〈世人《せじん》（世の中の人）論語と算盤を分つて二となす。これ経済の振はざる所以なり〉
と。今画師これを二とす。深く男を知る者にあらざるなり』
といふ一節あり。
先生の経済道徳観至れり尽くせりといふべし」（渋沢研究会編『公益の追求者・渋沢栄一』山川出版社）

『論語』の精神によって算盤を握られた

栄一から、小山正太郎の絵を見せられた三島中洲は、

「この絵を画いた画家は、栄一のことを知っているようで、実はまだよく知らないのだ。何故ならば、画家は、論語と算盤を別々の二つのものとみなしているからである。論語

と算盤は、元々一つのものなのだ」

という主旨の一文を書いて栄一に贈ったという。

この中洲の考え方こそが陽明学なのである。

少し長くなるが、明治四十二（一九〇九）年十二月に、中洲（八十歳）が栄一に贈ったという論語算盤説の一文を以下に全文紹介する。※（　）内は筆者注。

「渋沢男爵は、今年古稀（七十歳）を迎えられた。ある画家が、『論語』を左に算盤を右にした絵を、贈って喜びを現わされた。

私はこの絵を見て、

〈正に素晴らしい。私も一言書き綴《つづ》ってお祝いをしよう〉

と思い立った。

翁は若くして『論語』を尾高《おだか》翁に受け、稍《やや》長じて志士と交わり、尊皇攘夷を唱え、かくして水戸の公子（徳川昭武）に従って西洋に遊び、経済学を修められた。そういうわけで攘夷の間違っていることを悟られた。

帰朝してみると王政維新の世である。抜擢されて大蔵大丞《だいじょう》（大蔵大臣の補佐官）となり、財務を職務とされた。一旦、我が国の商業が沈滞しているのを嘆き、官を辞めて銀行を創建された。『論語』の精神によって算盤を握られたのである。

四方の商社はつぎつぎと争って興った。みな翁を以て模範としたのである。商業は大いに振った。遂に米国の招聘《しょうへい》により紳商《しんしょう》（徳義を守る立派な商人）を率いて渡米し、諸商社を巡察し、大いに歓待されて同年帰朝された。これもみな〈算盤論語〉によった効果である。

画家は翁を知っているということができる。そうではあるが、画家は一を知って、まだ二のあることを知らないのである。

なぜかといえば、

〈孔子、委吏《いり》（米穀の出納をつかさどった官史）と為る〉、

料量《りょうりょう》（会計）は平らか（偏《かたよ》りがなく正しい）であり、粟《ぞく》（米または脱穀していない穀物）を与えるに、

〈急に周《あまね》くして富めるに継がず（『論語』雍也《ようや》篇の言葉。困った人は助けるが、金持ちを更に豊かにするようなことはしない）〉

であり、

〈政《まつりごと》を為すに食《しょく》を足し、（『論語』顔淵《がんえん》篇の言葉。政治とは、一つには食料を豊かにすること）〉

〈既に庶《しょ》なれば、これを富まさん、（『論語』子路《しろ》篇の言葉。人口が増えたら、富ませよう）〉

〈礼はその奢《おご》らんよりは寧《むし》ろ倹せよ（『論語』八佾《はちいつ》篇の言葉。礼は、贅沢であるよりはむしろ質素にしたほうがよい）〉

〈賈《か》を待って玉《ぎょく》を沽《う》らん（『論語』子罕《しかん》篇の言葉。美しい玉を箱の中にしまいこんでおくのではなく、私は買い手を待って、その玉をぜひ売ろうと思っている）〉

である。

これは『論語』の言葉の中に算盤を見ることができるのである。『易』は数（筮竹《ぜいちく》の数）に起る（始まる）六十四卦《か》は利のことである。これは算盤の書であり、その〈利はみな義の和（『易経』文言伝《ぶんげんでん》の言葉。利は義の宜《よろ》しきを得たものである）〉

である。

『論語』の

〈利を見ては義を思ふ（憲問《けんもん》篇の言葉。利益を前にしては正義を思う）〉

の説と合するのである。

これは〈算盤〉の働きの中に『論語』を見ることができるのである。〈算盤〉と『論語』とは、一であり二ではない。翁はかつて私につげられたことがある。

〈世間の人は、論語算盤を二つに分けている。これが経済の振わない原因である〉と。

今、画家は翁の肖像を画いて、『論語』と〈算盤〉を別々に画いている。深く翁を知っている人とはいえない。加えて人の寿命の長短には定められた宿命がある。これは天の〈算盤〉である。

そうではあるが、病気に注意し生命を守らなければ、天命を尽くすことはできない。

だから

〈子《し》の慎《つつし》む所は斉《さい》・戦《せん》・疾《しつ》（『論語』述而《じゅつじ》篇。先生が慎まれて対処されたことは、祭祀《さいし》のときの潔斎《ものいみ》と戦争と病気とであった）〉

とある。

翁は既に『論語』をささげ持っておられる。必ずよく病を慎んで生を守り、天命の長寿を尽くされるならば、古稀どころではない。これを長命を祝うことばとする」(中田勝『三島中洲』明徳出版社)

「大学の致知格物《ちちかくぶつ》も、王陽明の致良知《ちりょうち》も、やはり修養である」

中洲七十九歳のときの講演「道徳経済合一説」については既に触れた。中洲には、他にも陽明学の致良知説にもとづいた『学問唯知《ただち》の説』(七十一歳の時の講演録)などがあるが、栄一は、中洲との出会いを通じて、かつて尾高惇忠《じゅんちゅう》に学んだ陽明学を思い起こしたに違いない。

昭和二(一九二七)年にその初版が刊行された栄一七十余歳頃の講演録『論語と算盤』(国書刊行会)には、陽明学に関する話がそこここに散見できる。

例えば、こうある。

「大学の致知格物も、王陽明の致良知も、やはり修養である、修養は土人形を造るようなものではない、かえって己れの良知を増し、己れの霊光を発揚するのである、修養を積めば積むほど、その人は事に当り物に接して善悪が明瞭になって来るから、取捨去就《しゅしゃきょしゅう》に際して惑《まど》わず、しかもその裁決が流るるごとくになって来るのである」（「人格と修養」）

そのほか、陽明学者の佐藤一斎《いっさい》、中江藤樹《とうじゅ》、熊沢蕃山《ばんざん》のことにも触れている。

「論語と算盤」説をベースとした「道徳経済合一」説が確立されるのは、渋沢栄一が大正五（一九一六）年に経済界の第一線を退いた頃からのことであった。

145ページで、二松學舍の生徒達、つまりは中洲の門人達を列挙したが、一部漏れがあったので、以下に追記させて頂く。

歌人・前田夕暮《ゆうぐれ》、ジャーナリスト・池辺《いけべ》三山《さんざん》、嘉悦学園の創設者・嘉悦孝《かえつたか》、山田方谷《ほうこく》の義孫で二松學舍の学長・山田準、陸軍軍人・福島安正、大久保利通の次男で政治家・牧野伸顕《のぶあき》、国文学者で歌人・落合直文《なおふみ》、行政法学者・織田万《よろず》らである（三島正明『最後の儒者　三島中洲』参照）。

彼ら全員が陽明学を学んだとは断定できないにしても、牧野伸顕は、昭和の陽明学者・安岡正篤《まさひろ》の後援者であり門人として知られている。

山田準（済斎《せいさい》）は、『陽明學講話』『伝習録講話』（いずれも明徳出版社）などの著書で知られる陽明学者である。

そして、三島中洲は、幕末の陽明学者・山田方谷の高弟中の高弟で陽明学者であった。

山田方谷といえば、安岡正篤が特に高く評価していた人物である。方谷（一八〇五〜七七）は、隣藩・新見《にいみ》藩の藩儒で陽明学者・丸川松隠の高弟で、かつ陽明学者・佐藤一斎の高弟であった。方谷は参政（家老職）と元締め役（勘定奉行）を兼務し、「貧乏板倉」と陰口を叩かれた備中松山藩の財政を見事に立て直したことで、日本全国にその名が轟いた。

備中松山藩が朝敵となったにもかかわらず、維新後、方谷は、明治政府の大久保利通や木戸孝允らから幾度となく会計局の長、今でいう大蔵大臣のポストについてくれと懇願された。

そんな中洲の二松學舎だからこそ、入塾した者があったのかもしれない。方谷については、かつて評伝を書かせて頂いたので、ご一読を願いたい。

その青年期、修養団向上会の指導者だった倫理研究所の創設者・丸山敏雄

栄一と中洲のことはこれぐらいにして、その後の栄一のことである。晩年の栄一は、社会教育活動に尽力した。その一つが、精神運動家・蓮沼門三《はすぬまもんぞう》の「修養団」との出会いである。ここで蓮沼門三について述べるのには訳がある。

二〇〇〇年頃のことである。

フジテレビの『テレビ寺子屋』という週一の早朝番組で、伊勢青少年研修センターの中山靖雄《やすお》（一九四〇〜二〇一五）所長の講演を何度か聞く機会があったが、江戸後期の禅僧・仙厓義梵《せんがいぎぼん》の、

「よしあしの中を流れて清水かな」

という歌を引用しながらの中山所長の話に非常に感銘し、こちらから連絡をとり、お

会いさせて頂き、以来のお付き合いとなった。その考え方が、私に言わせるならば非常に陽明学的であったからである。そして、中山靖雄所長はなんと、蓮沼門三を創設者とする財団法人・修養団の理事長だったのである。

更に驚かされたことがある。

私も親しくさせて頂いている(株)イエローハットの創業者で「日本を美しくする会」の相談役である鍵山秀三郎氏や社団法人・倫理研究所の丸山敏秋理事長とも親交がおありだった。

倫理研究所の創設者の丸山敏雄(一八九二~一九五一)は、その青年期、修養団の一員として尽力したことがあったという事実もその後知って驚いた。丸山敏雄は、小倉師範学校在学中の十九~二十歳頃、修養団の機関誌『向上』を積極的に販売、やがて購読者が全生徒の七~八割を超え、学校に修養団支部が置かれるようになったという。

丸山敏雄と同郷で後輩の三宅禄郎(のちの東京市視学官、旧制中野中学校長)は、書簡の中で丸山敏雄について次のように述べている。

「私が小倉師範学校に入学した時、丸山君は三年生でした。（中略）学校から模範生として表彰されたばかりでなく、級友や下級生の常に敬慕する所でした。

何時頃から出来たニックネームかと思うが〈孔子丸山〉という愛称か敬称を以って呼ばれていました。

同じ寄宿舎に在った関係で知っている事であるが、丸山君の特技中の特技は図画と書道で、修養方面では『論語』の実践で、かつ現在も大いに活動して居る蓮沼門三を中心とする、修養団向上会の指導者であった」（青山一真『丸山敏雄先生の生涯』新世書房）

青年・丸山敏雄は、修養団向上会の指導者として、まるで渋沢栄一よろしく『論語』によって自らを律していたのである。

実は、私も少なからず修養団とのご縁を感じている一人なのである。というわけで、以下蓮沼門三と栄一のことを取り上げてみることにした。

蓮沼門三は、会津陽明学（藤樹学）揺籃《ようらん》の地に生まれ育った

ここで蓮沼門三についてである。門三（一八八二〜一九八〇）は、明治十五年二月二十二日、福島県は耶麻郡《やまぐん》相川村（現、喜多方市山都町）に生まれた。父は、熊の胆《い》（熊の胆嚢《たんのう》を胆汁《たんじゅう》をとらずに干したもの。漢方では熊胆《ゆうたん》と呼ぶ）の製造・販売と農業を営んでいた。門三が生まれたとき父は、身重の妻・モトを残して行商に出たまま行方不明になってしまっていた。

門三が三歳になった時、母・モトは会津喜多方《きたかた》（旧、北方）の蓮沼家に手伝いで入り、その後、蓮沼市太郎と再婚した。

江戸期、喜多方は会津陽明学の揺籃（ゆりかご、幼児期）の地でありメッカであった。とはいえ、門三が喜多方で神道禊《みそぎ》教（創始者・井上正鉄《まさかね》の夫人のおなりさんが会津に来て広めた）に感化されたことが知られている。門三が藤樹学と出会っていたかどうかは、未確認である。

　これは余談だが、中江藤樹の教えと陽明学とがワン・セットになった藤樹学が、会津で神道と合体していくのは、十八世紀の江戸時代中期の中頃からのことである。とはいえ、元々、藤樹学は、開祖の中江藤樹によって神道に接ぎ木されており、その後、高弟の熊沢蕃山や淵岡山が神儒一致を唱えていたのだ。

　また門三は、藩校日新館《にっしんかん》の教科書の一つで神道の書『ヒモロギ（神籬《ひもろぎ》）伝』の感化を受けたという。『ヒモロギ伝』は、

「根と幹と枝と葉とは一体のものである」

と説いているが、王陽明晩年の「万物一体」説を髣髴《ほうふつ》とさせる言葉である。

　会津は確かに神道の盛んな土地であった。会津藩士・中野義都《よしくに》（一七二八〜九八）は、号を惜我《せきが》といい、会津陽明学（藤樹学）第一期の中心人物の一人であったが、吉川神道を学び二事相伝を得、弓術師範、神道家、国学者としても知られていた。門人の一人に、加藤義適《よしたつ》がいるが、やはり陽明学者で神道家であった。

　会津は、藩主・保科正之《ほしなまさゆき》の「神儒一致」の政策もあって、この中野義都のような会津藩士が多かったと思われる。

また、耶麻郡の入田付村（現、喜多方市岩月町）には、幕末期、会津陽明学の衰退を嘆き、復興に努力、会津陽明学の掉尾《とうび》（最後）を飾ったといわれる三浦親馨《しんけい》（一八〇八～八四）が住していた。

門三、栄一に面会を申し込む

郷里で代用教員をしてのち、門三は、明治三十六（一九〇三）年に上京、東京府師範学校（現、東京学芸大学）に入学した。明治三十九（一九〇六）年、東京府師範学校の生徒であった蓮沼門三は、「流汗鍛錬《りゅうかんたんれん》」「同胞相愛」を理念に、社会の美化と善導を主唱、同校生徒を団員に「修養団」を創立し、機関誌『向上』を刊行した。

スタートして一年後、修養団は深刻な資金不足に陥っていた。

以下、『修養団運動八十年史　わが国社会教育の源流　概史』からである。※（　）内は筆者注。

「蓮沼門三は、心ある人から応分《おうぶん》（分相応）の寄付を仰ごうと、団に共鳴し、支援してくれている手島精一《てじませいいち》（東京高等工業学校長）に、渋沢栄一男爵を紹介してほしいとお願いした（東京高等工業学校は、現在の東京工業大学の前身）。

しかし、その機会が得られないまま、手島精一はヨーロッパ視察に行ってしまった。渋沢栄一は、財界の総理とも呼ばれるだけでなく、道徳と経済の一致を説く道義の人であり、社会事業を熱心に後援する大慈善家でもあった。

門三はこの財界の大人格者に会いたいという、やむにやまれない気持ちから、紹介状なしで体当たりする決意をかためた。

蓮沼門三は、明治四十二年五月に、東京・王子の飛鳥山《あすかやま》の男爵邸を訪れた（この渋沢邸は、現在、飛鳥山公園と渋沢史料館になっている）。何万坪（敷地総面積約二万八千平方メートル）とも知れぬ奥深い庭園に囲まれた宏荘《こうそう》（広々としていて立派なこと）な邸宅の門前で足がすくんだが、勇を振って門を叩いた。しかし執事が現われて、〈紹介状なしでは会わないことになっている〉

と、ぴしゃり。

その後何度も訪問したが、いずれも門前払いをくってしまう。

〈熱烈国を憂うる赤誠は、眠れる人の魂をも呼び醒ます。況《ま》して、憂国の士の心をや〉

門三はそう信じ、瞑想した。

そして執事を通さずに渋沢男爵に直接心情を伝えるべく、上等の奉書の巻紙に一筆一拝の祈りをもって書き綴り、投函した。この誠と熱意が通じ、同年六月十二日、蓮沼門三は渋沢邸において男爵に面会が叶い、心情を吐露したのである。男爵は、団の主義主張に共鳴し、団への賛助を約束した。その後は、財政面のみでなく、修養団運動を全面的に支援し、自らも先頭に立って、

〈愛と汗〉

の精神を
〈道徳と経済〉

という観点に立って説いていくのである。

その後間もなく、渋沢栄一の奨めで、門三は森村市左衛門《いちざえもん》翁を訪ねた。森村男爵もま

た明治、大正時代の大実業家であり高潔な人格者として知られる。また、晩年は熱心なクリスチャンで、早大、慶大の施設拡充に大きな役割を果たし、社会事業にも大きく尽くした大慈善家でもある。森村市左衛門翁は、門三の真剣に、切々たる熱情をもって吐露する言葉に聴き入った。そして言った。

〈あなたの話には、人の魂に響く力がある。自分も若返った心で、若いあなたがたと共に皇国《みくに》の礎《いしずえ》となろう。修養団のためなら、自分はいつでもこの白髪首《しらがくび》を進呈しよう〉

翁の手が門三の手をしっかりと握りしめる。無言の涙が溢れた。

こうして、森村翁も渋沢栄一と共に、その後は団を全面的に支援し、団運動の先陣に立つようになる」（「第二章　財団法人修養団」）

栄一が門三に会い修養団の賛助員（のちに顧問）を引き受けた明治四十二（一九〇九）年といえば、三島中洲が栄一に論語算盤説の一文を贈った年であった。

栄一と日本のナイチンゲール・瓜生岩子《うりゅういわこ》と蓮沼門三

栄一と蓮沼門三の間を取り持ったのは、瓜生岩子の末娘・乙女であるとする説がある。この件に関して『修養団運動八十年史　精神と事業』（修養団）で次のように述べている。

※（　）内は筆者注。

「そうした人々の他に、門三の精神と行動にもっとも大きな影響を与えたと思われる人がいる。その人は、瓜生岩子の末娘瓜生乙女である。すでに述べたように、瓜生岩子と娘乙女は、門三の母と交流をもっていた。

この乙女は会津の出身だが、明治三十八年夏、東京本郷の帝大前の薬局に移り住んでいた。瓜生岩子の孫瓜生祐次郎（乙女の甥）が、内務官僚を辞めて薬局をはじめたからである。門三は団を創立して以来、しばしばこの薬局を訪問し、乙女と語りあうのであった。（中略）岩子とつねに行動を共にし、その精神を継承した乙女は、門三の母と交流をもっていたばかりでなく、門三ともこのように深い親交を結んでいたのである。瓜生アイ（乙女の遠縁にあたる）の娘悦子は言う。

〈修養団の蓮沼先生と渋沢栄一先生の関係ができたのは、瓜生岩子と渋沢先生との係わりからはじまっていると聞いています。渋沢先生は岩子の事業を熱心に援助しておりました関係で、岩子の娘乙女おばあちゃんが、蓮沼先生と渋沢先生の橋渡しをした、と伺っております〉

乙女がどのような橋渡しをしたのか不明であるが、瓜生家に、乙女が蓮沼門三と渋沢栄一の間を結ぶなんらかの役割を果たしたと語り伝えられていることは事実であり、また、渋沢栄一が瓜生岩子の信奉者であり、岩子の社会事業を支援してきたことも事実である」(「第一部第一章、修養団創立者蓮沼門三の精神形成史」)

瓜生岩子とはどんな人物であったのだろう。

事典には瓜生岩(一八二九〜九七)と記してあり、明治前期の女性慈善事業家とある。日本のナイチンゲールとも呼ばれている。

門三と同じ耶麻郡の生まれで、明治の戊辰・会津戦争において、「博愛精神と看護技術をもって敵味方の区別なく救急活動に献身」(『修養団運動八十年

史　精神と事業』）

し、仏教的な立場から、道義高揚の講話活動を推進した。

更には、会津では幼学校を設立、孤児の救済に努め、渋沢栄一から懇望されて、渋沢栄一院長の東京市養育院に勤務、孤児教育に尽力、晩年は、福島に帰り、産婆看護婦養成所、福島育児院などを設立した。

会津にある岩子の墓の

「瓜生岩子之墓」

の文字は、栄一の筆になるものである。浅草公園内の岩子の銅像の碑文は、三島中洲の門人で岩子の親友・下田歌子《しもだうたこ》の撰文である。

最盛期、団員百万人に達した財団法人・修養団

栄一は、その後大正十四（一九二五）年、修養団後援会の初代後援会長となるが、森村組総長・森村市左衛門らと共に積極的に修養団の後援に尽力した。初代団長は、栄一、

森村両顧問の推薦で、当時会計検査院長の重責にあった田尻稲次郎《たじりいなじろう》子爵に決定した。両顧問のおかげで、修養団への評価が高まり、多くの賛助員が輩出した。

明治末期当時の賛助員には、例えば次のような錚錚《そうそう》たるメンバーがその名を連ねている。

代議士・河野広中《こうのひろなか》、文部次官・岡田良平、医科大学講師・二木謙三《ふたきけんぞう》、三省堂・亀井忠《ただ》一《かず》、帝大教授・井上哲次郎、早大総長・大隈重信、大倉組・大倉喜八郎、学習院院長・乃木希典《のぎまれすけ》、日本教会主・松村介石《かいせき》、逓信《ていしん》大臣・後藤新平、東京高等師範学校長・嘉納治《かのうじ》五郎《ごろう》、円覚寺館長・釈宗演《しゃくそうえん》、東京市長・阪谷芳郎《さかたによしろう》、第一高等学校長・新渡戸稲造《にとべいなぞう》、実践女学校長・下田歌子、鐘ケ淵紡績《かねがふちぼうせき》・日比谷平左衛門、古河鉱業社長・古河虎之助らである。肩書きは当時のもの。

井上哲次郎といえば、作家・三島由紀夫も読んだ『日本陽明学派之哲学』の著者として知られ、大倉喜八郎は、陽明学を好んだことで知られている。

大隈重信については既に第2章で触れたが、佐賀の陽明学者・枝吉神陽《えだよししんよう》の門人で、師・枝吉を深く尊敬していた。

乃木希典は、陽明学者・吉田松陰亡きあと、松陰の師で叔父・玉木文之進《たまきぶんのしん》の主宰する松下村塾に学んだ。

新渡戸稲造は、世界的なベストセラー『武士道』の著者として知られるが、その著書の中で折に触れて陽明学について言及している。


その後、第二代団長は平沼騏一郎《ひらぬまきいちろう》が務め、第二代後援会会長は住友総理事の小倉正恆《おぐらまさつね》が、第三代後援会会長は（株）日立製作所会長の倉田主税《くらたちから》、第四代は宇部興産（株）会長の中安閑一が務めた。

いつしか、修養団で、住友はもちろん、日東紡績、（株）日立製作所、宇部興産（株）、丸菱、鈴屋、大和重工といった大企業の社員研修が行なわれるようになっていた。

そして、日本における社会教育の源流といわれ、最盛期には、団員百万人に達する財団法人・修養団へと発展したのである。

朝鮮や満州での活動も推進されたが、戦後はＧＨＱによってその存続が認められたものの、戦中時の活動が右翼的だという評価を得るに至り、現在では日立などの大企業離れが続いている。

話は重複するが、栄一は、大正期になって、「論語算盤合一説」を主張し始める。

栄一に言わせるなら、

「『論語』の精神を持って利を求める商業活動をするなら、私利は公利となり、ひいては公益となる」

というのである。

そして、栄一は修養団に大いに期待した。また、栄一は、この修養団の活動を通じて、先述した東京高等工業学校の手島精一校長との交遊を深めた。そのために、修養団には、各地の師範学校、一橋《ひとつばし》の学生、東京高等工業学校の学生が数多く参加した。

そのはじめに修養団で活躍した社会教育家・後藤静香《せいこう》

修養団から枝分かれした社会教育家に後藤静香がいる。

後藤静香（一八八四〜一九六九）は、大分県に生まれ、明治三十九（一九〇六）年に東京高等師範学校官費数学専修科を卒業した。その後長崎県立長崎高等女学校、香川県女子師範学校の教師を歴任すること十三年、その間の明治四十二（一九〇九）年に修養団の機関誌『向上』を手にして共鳴、翌明治四十三年に修養団支部を結成し、活動に奔走した。

大正七（一九一八）年に上京、修養団の女子部設立を蓮沼に進言、了承を得、同年六月、妹団体「希望社」を興した。

大正末期には希望社を率いて修養団から独立、晩年に精神的大家庭「心の家」を主宰、社会教育活動に従事した。

『修養団運動八十年史　精神と事業』にこうある。

「（筆者注：後藤静香は）修養団幹事長となり、講習会、講演会で大活躍する。また、『向上』に健筆を振《ふる》うなど、団の躍進に大きく貢献した。

大正七年六月には女子修養団を組織するために『希望』を創刊。

大正九年、後藤静香は修養団幹事長として活躍するかたわら、団の妹団体として希望社を興し、新宿西大久保に移った。
しかし、大正末期には、後藤静香と希望社は団から独立した。後藤静香の希望社は躍進に躍進を重ね、最盛期の昭和五、六年には『希望』の発行部数は百万を越えたという」（「第二部第四章　社会教育の源流としての団事業史」）

後藤の希望社の活動は、修養団に酷似していた。機関誌『希望』の発行、講習会「相互修養会」の開催、国民体操の普及、玄米食と合理的炊事の実践、環境美化、インド救らい運動、老人福祉運動、ローマ字・エスペラント語の普及、盲人のための点訳奉仕などを積極的に展開した。大震災のときには、修養団とともに救援活動を展開した。

希望社の活動は、一時は兄の修養団をしのぎ民間最大の社会教育団体に成長したものの、昭和六（一九三一）年と昭和八年の二度のスキャンダルにより、希望社は消滅したのである。後藤静香は、昭和九（一九三四）年、「心の家」を創設、雑誌『新建設』を発行し、人材育成にその余生を捧げた。後藤の告別式の当日、蓮沼門三は丁重な弔辞を捧げている。

大正期の大ベストセラー『権威』

後藤静香の代表的な著作といえば、詩集『権威』（善本社）がある。著者の後藤自らが

「地上に残す最大の遺産」

と断言してはばからなかった自信作である。

広告宣伝が行き届かない大正時代に、二百五十〜三百万部売れたといわれ、今現在も根強く読み継がれている本でもある。

筆者は、平成九年にこの『権威』を、山形しあわせ銀行東京支店長を無事勤められて山形の本社に戻られた和田英光氏から贈って頂き、この時に後藤静香のことを知った。

以下、詩集『権威』から一つ紹介しておく。

「嬉しいな」

嬉しいな
生きている
本が読めて
字が書ける
嬉しいな
生きている
まだまだいいことが
たくさんされる
嬉しいな
可愛いものがいっぱい
可愛がってくれる人もいっぱい

和田氏の説明によれば、この詩ができるにあたって次のような壮絶な背景があった（当時）。

瀬戸内海にある島で、そこにハンセン病患者だけを収容している「長島愛生園」という施設がある。病気のために、手足がもげ、鼻や耳が欠け、目も見えなくなった達磨《だるま》のような人が、下を向いて舌で点字をなぞって本を読んでいる光景を目にし、驚きかつ感動した後藤静香が作った詩なのである（「近代セールス」一九九五年一月一日号参照）。

後藤静香の弟子の一人・本間一夫は、後藤の精神を受け継いで盲人救済に尽力、日本点字図書館を興し、かつ関連するボランティア事業に取り組んだ。

修養団運動に尽力、『論語』を愛読した作家・下村湖人《こじん》

熱心な修養団の同志を、もう一人紹介しておきたい。作家・下村湖人（一八八四～一九五五）である。佐賀県に生まれ、鍋島藩士であった父の影響を受けて幼い頃から『論語』の素読を受け、以後も中学や高校で漢学を学んだ。一転して東大の英文科に進み文学を志し、卒業後、教職に就く。

下村が夫婦揃って修養団で熱心に活動するようになったのは、旧制第五高等学校（熊

本）以来の親友・田沢義鋪《よしはる》の母校・佐賀県鹿島中学校（現、高校）に校長として赴任した三十六歳頃からのことである。当時、修養団運動に熱心に取組んでいた田沢の呼びかけに共鳴してのことであった。

下村は、四十歳の頃、台湾に転勤、中・高校の校長職を務めるが、台湾でも修養団の支部を結成、情熱的な活動を展開した。

その後下村湖人は、昭和六（一九三一）年、四十九歳の時、教職を辞して上京、修養団の同志・田沢義鋪に協力して日本青年館で勤労青年教育に携わることになり、昭和八年に田沢が開設した青年団指導者養成所（現、小金井青少年センター）の所長に迎えられ、以後、下村はその後半生を勤労青年の育成に尽力することになる。

代表作『次郎物語』を書いて有名になるのはその後のことである。

下村は、この田沢義鋪のことを伝記『この人を見よ』という本に書いている。そして、その序文に、こう述べている。

「明治以後で真に尊敬に価する人を、私も数多く知っている。その中から三人をあげよと云われるならば、私は躊躇《ちゅうちょ》することなく、福沢諭吉と新渡戸稲造と、この書の主人公である田沢義鋪とをあげるであろう。
その中から特に一人をと云われるならば、私はあえて田沢義鋪の名をあげたい。かれの人としての誠実さ、何らの邪念を交えず、醇乎《じゅんこ》として信念を貫いた生涯、毅然たる清《せい》節《せつ》、私は百代にわたって、あえて〈この人を見よ〉と云いたい」

『この人を見よ』は下村の絶筆であった。下村が敬慕してやまなかった田沢義鋪について詳しく説明する暇はここにないが、田沢は、東大の政治学科を出たエリート中のエリートで、かつ官界での出世コースのトップでありながら、ひたすら青年指導のために私財をなげうち、清貧に甘んじて下座に生きた人物であったということを記しておきたい。
下村湖人には、渋沢栄一と共通点がある。下村が生涯をかけて読んだ本こそが『論語』であり、昭和十三年に『論語物語』を上梓している。
また、下村湖人が提唱した
「凡人道（人間、平凡がよい。しかし、その平凡な道を非凡に歩むのだ）」

は、田沢義鋪の
「平凡道を非凡に歩め」
という言葉からとられたものであった。
まさしく、（株）イエローハットの創業者で「日本を美しくする会」の鍵山秀三郎氏
の言わんとする
「凡事徹底」
そのものである。

第7章

「小事即大事、大事即小事」

栄一、「帰一《きいつ》協会」を発足

ここで、話を渋沢栄一と陽明学のことに戻す。

明治四十五（一九一二）年六月、「帰一協会」が発足した。渋沢栄一はもちろん、日本女子大学校校長・女子教育家・成瀬仁蔵《なるせじんぞう》、東京帝国大学教授・宗教学者・姉崎正治《あねざきまさはる》、早稲田大学教授・政治学者・浮田和民《うきたかずたみ》、実業家・森村市左衛門を幹事とし、当代の名士や知識人・四十名の会員からなる会で、その目的は渋沢が期待する、「神、儒、仏の別なく、それらを統一した大宗教」を実現することにあった。

「帰一協会」構想の契機となったエピソードがある。栄一が、あるドイツ人と交わした会談での二つの質問が発端となっていた。以下、『青淵百話』乾、「七、統一的大宗教」参照。

一つは、

「維新後の日本が短期間に人心統一に成功した原因は」

というもので、栄一は、

「天子崇拝にあり、その尊崇は、神、儒、仏三教の感化によるものである」

と答えたという。

もう一つは、

「キリスト教の伝来により、日本の宗教界は錯雑《さくざつ》（込み入っていること）となり、従前の宗教は今や風前の灯である。将来の対策はどうなさるか」

との質問で、栄一は、

「宗教家、道徳家、哲学者による最善の方法の研究を望むが、自分の理想としては、神、儒、仏の別なく、それらを統一した大宗教の創造を希望している」

と答えたのだという。

創設にあたって、その準備段階で紛糾したが、「帰一協会」の名は、王陽明の言葉「万徳帰一」

から採られた。

そして、「帰一協会」は当初の壮大な目的から遠ざかり、精神的な問題に関する幅広いテーマの意見交換のサロンとして存続した。

が、日本興業銀行初代総裁・添田寿一《そえだじゅいち》や東京帝国大学教授・井上哲次郎らの参加を得て、栄一にとってすこぶる有意義な議論の場となっていた。

三島中洲の栄一への影響はもちろんのことであるが、栄一の「道徳経済合一説」は、この「帰一協会」での議論で鍛えられ育まれたものであった。


そもそも日本の江戸期の神道、儒教、仏教のあり方は、王陽明出現以後の明国に影響されたものであろう。統一とは言わないまでも、渋沢が目指したような神、儒、仏一致の様相を呈していた。栄一は、それぞれの長所を採り、短所を補いあった統一的な宗教を目指したのに違いない。

繰り返しになるが、明代後半の三教一致の思潮は、王心斎、王龍渓《りゅうけい》等率いる陽明学（王学）左派がもたらしたものであった。但し、中国の場合の三教は、儒教、仏教、道教（老荘・神仙）の三つの教えのことである。また、心斎、龍溪共に王がつくが、陽明の高弟ではあるが、血縁者ではない。

朱子学者の場合は、特に仏教に対しては否定的であったが、王陽明の場合、全面否定するという態度は採らなかった。

参考までに、一例を挙げておく。谷沢永一《たにざわえいいち》『日本人の論語「童子問《どうじもん》」を読む』（PHP研究所）にこうある。まずは、以下、江戸初期の儒学者で『童子問』の著者・伊藤仁斎の主張である。

「『中庸』に挙げる天下の達道五はすなわち、君臣、父子、夫婦、兄弟、朋友、である。そのうえに天下の達徳《たつとく》三はすなわち、知、仁、勇、である。この五道三徳を行わしめるものはただひとつ、誠である。

一方、禅宗、荘子、朱子学の類いは、その理論がややこしくてよくわからず、その倫理学は高く夢のような標準を掲《かか》げるので、普通人では行い得ない。一般の人間社会から遠ざかり、風俗習慣に従わない」（第二十七章）

その後の栄一のことである。

栄一の人生は、順風満帆《じゅんぷうまんぱん》だったわけでは決してない。栄一は、嫡男の篤二《あつじ》（一八七二〜一九三二）の「大失策」事件（明治二十五〈一八九二〉年十一月）の頃から、篤二のことで頭を痛め続けていた。篤二が「大失策」といった記録が残っているだけで、未だ委細《いさい》は分からない。

そもそも篤二は、多芸多才で、義太夫《ぎだゆう》、常磐津《ときわず》、清元《きよもと》、小唄、謡曲、写真、記録映画、日本画、ハンティング、乗馬、犬の飼育といった腕前は、いずれも玄人《くろうと》はだしであった。自転車（当時、自転車はまだ珍しい）、猟銃、乗馬に凝《こ》る、芸者と恋仲になるといった篤二の放蕩ぶりがその後も栄一を苦しめる。

明治四十五（一九一二）年一月、栄一（七十三歳）は、同族会の席上、妻も子もある篤二の廃嫡《はいちゃく》を決断、大正二（一九一三）年一月、正式に決まった。

ノンフィクション作家・佐野眞一に言わせるなら、

「篤二は〈巨人〉栄一の重圧から逃げるため、放蕩《ほうとう》に走った悲劇の人物だった。その妻の敦子もまた渋沢家の重圧に終生苦しみ、叔母〈皇女和宮《かずのみや》〉と似た境遇を辿る悲劇の女性だった。そしてまもなく、悲劇の夫婦から生まれた敬三にも同じ運命がやってくる」（『渋沢家三代』「畏怖と放蕩」）

興味深いのは、廃嫡後、愛妾《あいしょう》と共に白金《しろがね》に住んだ篤二に関する次の挿話である。

「あるとき篤二の義太夫を聞いた本職の邦楽家がつくづく嘆息していった。〈この方が渋沢家の御曹司《おんぞうし》に生まれたのは、ご自身ばかりでなく、芸能界にとってもかえすがえすも残念だ。もし赤貧洗うがごとき家に生まれたなら、古今に稀な名人上手になれただろうに〉」（同「壮年閑居」）

清貧ゆえに世界一の望遠鏡を作ったアマチュア天文観測者W・ハーシェル

筆者が、講演会でよく口にするエピソードがある。それは、天文学者ウィリアム・ハーシェルや徳川家康のことである。

本書のテーマである「渋沢栄一と陽明学」の栄一のことに焦点を当てて話を進めてき

たが、ここらあたりから思想の話に移らせて頂きたい。以下は、132ページの「苦楽合一」の箇所でちょっと触れた話ではあるが、さらに詳しく説明を試みたい。

ウィリアム・ハーシェル（一七三八〜一八二二）は、ドイツに生まれ、音楽家を志して渡英、指揮者として活躍するかたわら、本業そっちのけで天文研究に魅せられ、余暇に自作の反射望遠鏡を作り、天王星を発見することになる。その後は、イギリスの国王付きの天文官となり、二千五百の星雲、八百の二重星、赤外線を発見するなどして、星《せい》辰《しん》天文学の基礎を築いたといわれている。

ハーシェルは、天文観測には口径《こうけい》の大きい対物レンズあるいは反射鏡が必要であることに気づいたが、当時店で売っている既製品はとても高価で手が出なかった。

そこで、鋳造所に特注して作らせることにしたが、ハーシェルが考えているような大きさの鏡は作ったことがないという。

「自分で作ったらいいじゃない」

との妹・カロラインの一言に励まされ、ハーシェルは、自宅を鋳造所に改造し、大きい口径のレンズや反射鏡を有した手製の望遠鏡を作ったのである。幾度もの失敗を繰り返した挙句《あげく》の成果であった。

カロラインの語るところによれば、鏡やレンズを磨く作業を食事で中断するのはもったいないというハーシェルの健康を心配したカロラインは、食事を作り、

「兄が飢え死にしないよう、食べ物を少しずつ兄の口の中に押し込まねばならなかった」（リチャード・パネク『望遠鏡が宇宙を変えた　見ることと信じること』東京書籍）

たとえば、

「兄が口径二・一メートルの鏡の仕上げにかかり、一六時間ぶっ通しで研磨の手を休めなかったときなどは、そんなふうだった」（同）

まさに精魂傾けて作ったのである。貧しさゆえの工夫と努力であったが、これが幸運を招いたのだ。この自家製望遠鏡こそは、当時世界最高の性能を誇っていたのである。

地方に住む一介のアマチュア観測者ハーシェルの観測報告の知らせを受けたイギリス天文学界の二人の権威、王立天文台長マスケリンとオックスフォード大学の天文学教授ホーンビーは、その望遠鏡の優秀さに驚いたという。

ハーシェルは、見る訓練を積み重ねて観測を続けた

ハーシェルの作った望遠鏡が評判を呼び、ロシア皇帝や貴族、天文学者たちから注文があり、天文学者としての名声を博するまでのしばらくの間、望遠鏡作りで暮らしが成り立った。もし、お金があって業者に特注していたら、その後の生活の安定や世界的な天文学者ハーシェルは存在しなかったのかもしれない。

とはいえ、単に自作の望遠鏡の性能がよかったというだけではなく、ハーシェルの人並みはずれた忍耐力と丹念さの賜物でもあった。単に望遠鏡の性能がよかったから、多くの発見を成し遂げたのではないのである。

ハーシェル自身次のように語っている。

「六四五〇倍の威力をもつ僕の望遠鏡を使っても、恒星を見つけられる人間はそう多くない。見つけた恒星を追跡するとなるとなおさらだ。見ることは、ある意味では、習得すべき技術なのだ。それだけの威力をもつ望遠鏡で見るというのは、オルガンでヘンデ

ルのフーガを弾くようなものだ。僕はくる夜もくる夜も見る訓練を積んだ。これだけ練習すれば、うまくなるのは当然だ」（同）

「晴れた夜は、ハーシェルはいっときたりとも観測時間を無駄にしなかった。（中略）望遠鏡が外気温と同じ温度にならないと、像が歪んでしまうため、観測はいつも野外で行われた。イングランドでは、冬の夜には氷点下まで気温が下がることもざらで、摂氏マイナス一〇度以下になることもあった。

だが、ハーシェルは何枚も衣類を着込んで外に出た。悪寒と戦うために生《なま》の玉ネギを体にすり込み、足が埋まるぬかるみで観測を行った。吐く息で鏡筒《きょうとう》の外側に氷の結晶ができ、インク壺の中のインクが凍るほどだった。あるときなどは、銃声のような音がして、反射鏡が真っ二つに割れてしまったこともある」（同）

冬のひどい寒さのために、手製の鏡が割れてしまったというのである。

貧乏、イコール不幸ではないのである。貧しかったからこそ、幸せになるべく、工夫と努力をしたのである。ハーシェルがお金持ちの家に生まれていたら、工夫と努力をしなくてもすんだわけで、それこそ不幸だった。

貧しかった、逆境にあったからともいえるが、換言すれば、ハーシェルは仕事に対して「誠実」だった、と言っていい。人は、順境と逆境、小事と大事、仕事と日常生活（雑事）などの区別をする必要などなく、それが何事であれ、ただひたすら誠を尽くす、誠実に処理をすればいいのである。お金になる仕事だからきちんとやるとか、たいしてお金にならないから雑に処理をするなどという姿勢は、誠を尽くす生き方とは無縁と言わざるを得ない。

少・青年期に学問をおさめた家康

話は変わるが、徳川家康と徳川軍団しかりである。徳川家康が、竹千代と称した幼少の頃、人質生活を送ったことは知られた話である。

人質生活を送ったから、苦労したから、後々の家康がある、ということを言いたいのではない。今で言えば中小企業に相当する徳川家が生き延びるためには、大企業であるところの今川家につくしかなかった。

今川と同盟を結び、駿府《すんぷ》（現、静岡市）での人質生活を送っているとき、家康は今川義元の前で元服し、義元の身内の娘（のちの築山殿《つきやまどの》）と結婚している。人質とは名ばかりで、義元が家康の後見人（保護者）だったのだ。

さらには、義元の家臣で禅僧の太原雪斎《たいげんせっさい》に学問を学んでいる。雪斎は、孫呉《そんご》の兵法に通じ、外交や軍事に長じ、今川氏の執権《しっけん》として兵馬を率いた智将でもあった。家康は、経世、軍事という実用の学を学んだのである。

当時の戦国大名で、学問をおさめた者は非常に稀だったことを考えれば、後の江戸幕府開祖・家康があるのは、その多感な少・青年期に雪斎に師事したおかげであるといえよう。

とはいえ、家康とは異なり、部下である徳川軍団の苦労は並々ならぬものがあった。

家康が今川の人質となっていたのは、八歳から十九歳までの十二年間で、その間、三河の領地は、今川の植民地と化した。本来家康がいるはずの岡崎城には、今川義元の家臣達が在番し三河を治めた。まさに進駐軍である。

三河の田畑から上がる米（収入）はことごとく今川の倉庫に収められた。三河武士は、無収入となり、飢えと貧乏との戦いが始まったのである。

「譜代《ふだい》の者ども、餓死におよぶ体《てい》なれば」

と『三河物語』にある。

家臣達は、身分の高下に関わらず、百姓同然に、鎌、鍬を手にし、新たに田畑を開墾した。実は、新たに開墾された田畑から上がる収入にも税がかけられ、年貢を納めた後のわずかな穀米で飢えをしのいだ。

また、義元は、

「家康のために、先駆《さきが》けせよ」

と言って、三河の武士達、つまり徳川軍団を戦争に使った。

辛苦に耐えた徳川軍団は日本一強い軍団に生まれ変わっていた

以降は、今回の書籍化にあたり、未完であった連載原稿に加筆したものであることを読者諸兄にお断りしておく。

戦国時代は、「下克上《げこくじょう》（下極上とも）」と言って、下位の者が上位の者を実力で圧倒することが普通に行われる時代で、この主君はもう見込みがないと思えば、平気で他の主君に仕えるのが当たり前だったのだが、何故か三河衆の場合はそうしなかった。

筆舌に尽くしがたい三河衆の苦労が、やはり『三河物語』に詳説されている。

「家康の家来の三河衆は、今川方の駿河衆と行き会えば、地面に這いつくばり、折れかがんで肩の骨をすぼめて恐れをなして歩いた。何故なら、もし彼等との間に問題を起こしたら、駿河《するが》（現、静岡県中央部）に居る主君の家康様にご迷惑が掛かってしまうのではとそれだけを思って、三河衆は、これ以上は無いと思われるほどの気遣いをし、走り廻った」

「年に三回から五回、駿河から織田の尾張へ戦争を仕掛けることがあり、家康の三河衆に先陣を申し付けると駿河から言ってくる（中略）譜代の御主君へのご奉公でもあることなので、それぞれ一人残らず進み出て先陣を務め、親を討ち死にさせ、伯父や甥や従兄弟《いとこ》を討ち死にさせ、自分自身も多くの傷を負い、その間に、尾張から戦いを挑んでくれば出陣して防ぐ。昼夜心を尽くし、身を砕いて働いた」

三河衆が戦功をあげても、今川からの見返りは無かった。三河衆は、十二年という長い間、飢えとの戦いから始まり、貧乏との戦い、さらには常に今川軍の先駆け、言い換えれば今川軍の弾除けとして最前線で戦うという命がけの苦労を強いられ、耐えに耐えたのである。この苦楽を共にする経験こそが、徳川家の主従の絆を強く育んでくれたことは言うまでもない。

と同時に、気が付いたら徳川軍団は、誰もが認める日本一強い軍団に生まれ変わっていたのだ。だからこそ、徳川家が諸大名のトップに立って、徳川幕府を開くことができた。

一方の今川家はというと、十二年もの間、鉄砲玉となって戦ってくれる徳川軍がいたし、さらには徳川の領地からは、黙っていてもお金（年貢）が入ってきたので、左団扇《ひだりうちわ》の楽な生活が続いた。だが、気が付いたときには、武士でありながら、真剣に仕事をし、真剣に戦うことを忘れてしまっていた、言い換えれば武士としてもはや使い物にならなくなっていたのである。今川は、楽をし過ぎたのだ。結果、「桶狭間《おけはざま》の戦い」で、たかだか三〜四千の織田軍団に、二万〜二万五千ともいわれる今川軍が惨敗してしまった。

当時の織田軍といえば、十二年もの間、毎年徳川軍と戦ってきていたわけなので、強いのは当たり前、闘う事を忘れてしまっていた今川軍の歯が立たないのは当然の話。その上、織田軍は、負け戦を覚悟し、死兵となって挑んできたわけで、人数を頼みに、左団扇の生活をしてきた今川軍が敵うはずもなかった。

以上は、越川禮子先生との共著『「江戸しぐさ」完全理解』（三五館）に書かせて頂いた話である。

知行を分けるな、分けて考えるな

そして、ここからは、陽明学的見地からの結論である。

陽明学に、「知行合一」という有名過ぎるほど有名な言葉がある。多くの人が未だに、陽明学の代名詞のようにこの言葉を口にしているのが現状だが、「知行合一」について王陽明が言いたいことは、『伝習録』下巻二十六条に分かり易く説いてあるように、知と行を一致させよなどと、言行一致を説いたわけでは決してない。知行合一について説明を求められた陽明は、次のように説いている。※〈 〉内は筆者注。

「ここは、何故私がそれを主張するのか、その立言の宗旨〈中心教義〉を理解してもらわなければならない。現在、人は、学問をするにあたり、何よりも知と行とを二つに分けてしまっている。その故に、心にある思いが生じて、それが不善であったとしても、〈いや、まだ行動に表わしてなどいないから〉というわけで、その思いをそのままにして禁じようともしない。私が、今、この知行合一を説くのは、他でもない、ほんのちょっとでも思いが生じたら、それはすでに行動したとおなじことなのだ。そして、その思いに不善があれば、ただちにその不善の思いを克服すべきであり、ほんのわずかな不善であっても、胸中に潜ませないように、徹底をきわめなくてはならないのだということを、どうしても皆さんに悟ってもらいたいからである。これが、私の主張の本意なのだ」（溝口雄三訳『王陽明　伝習録』下巻参照）

陽明は、ここでは、「知」を「思い」、あるいは「一念（念慮）」というふうに理解して説明しているが、他の個所では、「知識」や「認識」、或いは「良知」といった理解で説明を試みる場合があることをお断りしておく。

思いが次第にエスカレートしていったものが行動となって現れるのだから、思いと行動は別々のものではなく、それどころか切っても切り離せないものだというのである。

例えば、私たちの身の回りにある、テーブルや自動車や建物などは、最初は誰かの頭の中にアイデアや思いとしてあったものなのだ。その思いが、次第に増幅していって、今の形になったのである。

つまり、知行は言葉の上では区別できても、本来一体のものなのだから、知行を分けるな、分けて考えるな、と説いているのだ。こうした「分けるな」という物の見方・考え方は、陽明の場合終始一貫していて、晩年の「万物一体」説へとつながっていく。

順境（幸福）と逆境（不幸）はもともと一つのもの

陽明学で有名な言葉「事《じ》上《じょう》磨《ま》錬《れん》」も、人格向上の手段には、特別な修行（修養）と、それ以外の、例えば日常生活や仕事のようなものが別々にあるわけではなく、それどころか仕事や日常生活の場こそが人格向上の修養の場であり、道場だと説いているのである。坐禅の方が、トイレ掃除や台所仕事より価値があるわけではないし、自分が修行者であることや坐禅をしていることを誇る気持ちがあったなら、それは禅の精神に大いに反していることになる。

徳川軍団のことに話を戻す。彼等は、耐えがたいほどの逆境の十二年間がなければ、大名の中の大名というトップの地位は築けなかった。苦難から逃げ回ることなく、立ち向かって行ったからこそ、心身共に鍛えられて、やがて二六〇年もの長期政権が確立できたのである。

三河衆と今川家の今のエピソードから言えることは、

「逆境即順境、順境即逆境」

と言っていい。

つまり、順境（幸福）と逆境（不幸）は、「生死一如《しょうじいちにょ》（生と死はもともと一つ）」と同じで、別々に存在しているのではなく、もともと一つのものなのである。

徳川主従の逆境に耐えた十二年間があったからこそ、その後の徳川幕府という順境があったのであり、逆に、十二年間、左団扇の生活で楽ばかりしていたからこそ、その後の今川家の不幸があったのである。ここからここまでが逆境で、そこから向こうまでが順境だというふうに区別することなどできないのだ。

知は行の始《もと》、行は知の成《じつげん》

幸福と不幸が別々にあって、「私はなんと幸福なのだろう」とか、その逆に「私は何と不幸なのだろう」などと思うのは勝手だが、幸と不幸が本来ひとつながりである以上、幸福の絶頂期には既に不幸が始まっているのであり、不幸の絶頂期には、既に幸福が始まっている、と言っても過言ではないのである。

『易経』に

「太極は両儀（陰陽）を生む」

とあるように、一見すると相対立するように見える陰と陽は、本来、太極という一つのものから生じているのだ。そして、陰が極まれば陽となり、陽が極まれば陰になる、と説いているわけだが、分かり易く言えば、自然界に四季があるのと同じで、夏が極まれば冬となり、冬が極まれば夏となるのである。

同じことを、陽明は、

「知は行の始《もと》、行は知の成《じつげん》である。聖学にあっては〔知行の〕功夫はただ一つで、知と

行との二つに分けることはできない」（溝口雄三訳『王陽明　伝習録』上巻）

と説いている。

言い換えれば、幸と不幸は、有ると思えば有るし、無いと信じれば無いものなのだ。当然のことだが、どちらを信じるかで、生き方は大きく変わってくる。

そして、今、たまたま逆境にある人は、「真剣」という境地にさせて頂いているのであって、左団扇の楽な生活をしている今川家の家臣に向かって、

「真剣に成れ！」

と言ったところで、真剣に成れるものではない。ということは、真剣に生きることを余儀なくされていることを喜び、感謝すべきではないだろうか。

では、この世界の一部の裕福な人々はどうなるのかと言えば、恵まれない人々に救いの手を差し伸べて徳を積むことを求められているのである。関東大震災後の東京の復興に尽力したことで知られる政治家・後藤新平が亡くなる三日前に小説家・三島通陽《みちはる》に語った言葉、

「よく聞け、金を残して死ぬ者は下だ。仕事を残して死ぬ者は中だ。人を残して死ぬ者

は上だ。よく覚えておけ」

とは、そういうことを含んでいる。

憂患《ゆうかん》に生き安楽に死す

徳川家康に関する逸話が記述されている『岩淵夜話別集《いわぶちやわべっしゅう》』（一説に『徳川実記』）にある徳川主従のエピソードに

「憂患に生き安楽に死す」

という言葉が引用されている。

この言葉は、『孟子』告子《こくし》章句・下篇にある言葉で、現代誤訳すれば次のようになる。

「個人にせよ、国家にせよ、憂患（心配）の中にあってこそ、はじめて生き抜くことができ、安楽にふければ必ず死を招く」（小林勝人訳注『孟子（下）』「巻第十二　告子章句下」参照）

事実、安楽にふけり過ぎた今川家当主の今川義元は、織田軍にその首を討たれたのだった。お金があり過ぎて楽《らく》し過ぎるのはダメ、かといってその反対のお金が無さ過ぎて厳し過ぎるのもダメ、つまりは生き方としては「ほどほど」、「中庸」が一番良いのである。
王陽明は、誰もが宿している心の本体の「良知」のことを、「中庸」「誠」「真吾」などと言い換えているのだが、本書は「渋沢栄一と陽明学」がテーマなので、紙面の都合もある。「良知」についてより詳しく知りたい方は、拙著『新装版・真説「陽明学」入門』（ワニ・プラス）を是非ご一読願いたい。

以上、徳川家康主従の苦労話を引き合いに出しての「順境即逆境、逆境即順境」の「順逆合一」についての解説は、渋沢栄一の陽明学観というわけではなく、渋沢がその晩年に目指していた陽明学のさらに深い陽明学理解に基づいたものであることをお断りしておく。

ただし、渋沢も、
「大事小事に対して同一の思慮分別をもってこれに臨むがよい」（『論語と算盤』「処世と信条」）
などと述べており、要約すれば、

「小事即大事、大事即小事」「小事大事合一」と理解していることを指摘しておきたい。

第8章

陽明学ブームのもう一人の立役者・渋沢栄一

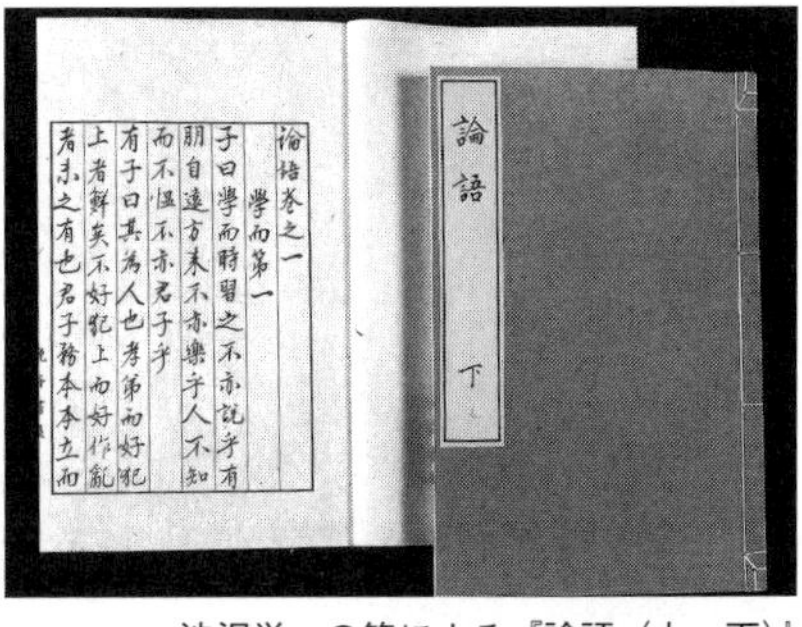

渋沢栄一の筆による『論語（上・下）』
（渋沢史料館所蔵）

渋沢栄一と『論語』

渋沢栄一と陽明学のことについてである。

先ずは、渋沢栄一と『論語』について触れさせて頂く。

渋沢栄一が『論語』の熱心な愛読者であったことは、知らない人の方がむしろ少ないだろう。渋沢栄一が『論語』を人生哲学や経営哲学としたそのルーツは、既に幾度か触れさせて頂いた流浪の陽明学者・菊池菊城《きくじょう》であった。その事実を裏付けて余りある興味深い挿話がある。

かつて、小島資料館の小島政孝氏に頂戴した資料にこうある。文中に小島とあるのは、小島鹿之助（為政）のこと。

「小島の青少年時、もっとも影響を受けた師は田中黙斎、菊池菊城である。小島は十七歳のとき、感奮するところがあって埼玉の儒者・菊池の家を訪ね、菊池から徹底的に『論語』を学び、その結果、小島は終生『論語』を愛読し、自己の生きる指針とし、『論語』をもってその精神の支柱とした」（『民衆文化の源流　東国の古代から近代へ』渡辺奨「一

豪農・儒教主義者の明治維新―小島為政論」）

嘉永四（一八五一）年、菊池（六十七歳）は小島家を訪れ、鹿之助（二十二歳）は門人となっている。（『幕末史研究　二十九号』小島政孝「平安の画工、小池池旭」参照）

渋沢栄一も小島鹿之助も、『論語』マニア菊池菊城の高弟だったのである。

ところで、本書の執筆のためにあれこれ調べて分かったことだが、渋沢の『論語』への傾倒ぶりは、私などの想像をはるかに超えていた。

驚かされたのは、渋沢は大正十二（一九二三）年から約三年かけて『論語』全巻を、達筆な字で丁寧に手写（書写）しているのだ。本章の扉の写真がそれである。大正十五（一九二六）年十月に完成したとある。

その後、昭和四（一九二九）年には『大学』も書写している。『大学』は、儒教の入門書だからに違いない。

そして、渋沢の場合は、『論語』の一字一句とまではいかないにしても、かなりの言葉が暗記されていたようなのだ。その事実を思わせるエピソードが渋沢の四男の渋沢秀雄によって伝え残されている。以下、『論語』からの引用部分のカタカナ表記は、ひらがなに改めさせて頂いた。※（　）内は筆者注。

「私が中学五年の時だったと思う。この朝の散歩で、王子町の見晴らせる庭の一隅に来たことがあった。（中略）私は、赤穂義士を読むたびに起す疑問を、父にただして見たくなった。そこで、ああいう場合浅野家の防衛策として、吉良《きら》に贈賄《ぞうわい》しても差支えないものか、あるいは飽くまでも士節を重んじて行いを潔《いさぎよ》くすべきものか。

〈もし父さまが大石良雄《よしお(よしたか)》でいらしったら、どうなさったでしょうか〉

と尋ねると父は

〈さあ〉

ちょっと間を置いて

〈むずかしい問題だね〉

こういったきり、暫《しばら》く黙ってしまった。

それが私には質問の重大さや、着眼のよさを裏書きする証拠のように思えて、子供らしい誇りと知識欲との半ばした心持で答えを待っていた。やがて父は、

〈私が大石良雄だったら、恐らく十分な礼物《れいもつ》を吉良に贈っただろうね〉

こう前提しながら、『論語』の子路《しろ》第十三にある句をすらすらと引用した。

〈葉公《しょうこう》孔子に語りて曰《いわ》く。吾党に直躬《ちょくきゅう》なる者あり。其父《そのちち》羊を攘《ぬす》めり。而して之《これ》を証《しょう》すと。孔子曰く。吾党の直《なお》き者は是《これ》に異《こと》なり。父は子の為めに隠《かく》し、子は父の為に陰《かく》す。直きこと其中《そのなか》に在《あ》りと〉

即ち、直きことは常に人情に立脚した直きことであってほしい。元禄時代、吉良のような定評ある人物が指導役になった場合、主家を大事と思うなら、そして賄賂で万事安泰に行く推察がついたならば、当時公の罪科でもなかった贈賄をあえてしたところで、いわゆる直きことその中にありだと思う。父の解釈は大体右のような趣旨であった。私はこの話を思い出すたびに、当時、七十歳くらいの世故《せこ》（世間の俗事や習慣）に馴れきっていた父が、教室の道徳しか知らない子供の問に対して、厳正に考え、懇切に諭《さと》してくれた道義観の若さを、未だに有難いことだと思っている」（犬養健他『父の映像』渋沢秀雄「渋沢栄一」筑摩書房）

常に〈士魂商才〉を唱道した

渋沢が引用した『論語』の句についてである。

「党」とは、「村」のことで、「直躬《ちょくきゅう》なる者」とは、「正直者の躬」のこと。「直き」とは、「素直な、正直な」という意味。

以下、全文の意訳。

『葉公が孔子に〈自慢そうに〉話しかけて言った、

「私の村に正直者の躬という男がいます。その男の父親が、よそから迷いこんで来た羊を自分のものにしたのを、子でありながら、父が盗んだと証言したのです」

と。

孔子が言った、

「私の村の正直者は、今のお話の正直者とは違っています。父は子のためにその罪を隠し、子は父のためにその罪を隠すのです。〈隠すということは、一見不正直のようですが、これが父子の情愛の自然なあり方であって〕自分の気持ちに正直だからこそ、互いに隠しあうのです」

と。』

「『論語』の子路第十三にある句をすらすらと引用した」とあるように、また七十六歳の年に刊行になった『論語と算盤』でも、『論語』に触れ、『論語』の言葉を盛んに引用している。

渋沢は、『論語と算盤』の冒頭で、次のように述べている。※（　）内は筆者注。

「昔、菅原道真《すがわらのみちざね》は和魂漢才ということを言った、これはおもしろいことと思う、これに対して私は常に士魂商才ということを唱道するのである、（中略）人間の世の中に立つには武士的精神の必要であることは無論であるが、しかし武士的精神にのみ偏《へん》して商才というものがなければ、経済の上からも自滅を招くようになる、（中略）その士魂を養うには、（中略）やはり論語は最も士魂養成の根底となるものと思う、それならば商才はどうかというに、商才も論語において充分養えるというのである、道徳上の書物と商才とは何の関係がないようであるけれども、その商才というものも、もともと道徳を以て根底としたものであって、道徳と離れた不道徳、欺瞞《ぎまん》（だますこと）、浮華《ふか》（うわべばかり華やかで、内容のないこと）、軽佻《けいちょう》（軽薄）の商才は、いわゆる小才子《こざいし》（小才のきく者）、小悧口《こりこう》（小才のあるさま）であって、決して真の商才ではない。ゆえに商才は道徳と離るべからざるものとすれば、道徳の書たる論語によって養えるわけである、また人の世に処するの道はなかなか至難のものであるけれども、論語を熟読玩味《がんみ》してゆけば大いに覚《さと》るところがあるのである、ゆえに私は平生《へいぜい》（常日頃）孔子の教えを尊信すると同時に、論語を処世の金科玉条《きんかぎょくじょう》として、常に座右から離したことはない」（「処世と信条」）

渋沢栄一を非常に高く評価した「経営の神様」、ピーター・ドラッカー

渋沢は、武士的精神と商才は、相反するものでは決してないし、どちらも大事なものであり、またどちらも『論語』によって養うことができると説いている。それも、ただ

単に口や活字で説いたのではなく、渋沢栄一自身がそれを実践体得、つまりそのお手本になっているから素晴らしいのだ。

そのことを実証する一人が、アメリカの経営学者で経営コンサルタントのピーター・F・ドラッカーである。

「経営学の第一人者」「マネジメントの父」「経営の神様」などとも呼ばれ、また、日本美術のコレクターとしても知られるドラッカーが、渋沢栄一をとても高く評価したことは比較的知られた事実である。

例えば、ドラッカーは、次のように評している。

「日本が繁栄しているのは渋沢流のやり方をしたため、すなわち、国内の中小の資本も活用したので、外国資本に頼る必要がなかった。」(『断絶の時代』)

「渋沢は、ビジネスに儒教の道徳を注入して、それを飼い慣らそうとした。そして、第二次世界大戦以後に成長した日本の大企業は、渋沢の理想によるところが大きい」(『すでに起こった未来　変化を読む眼』)

「率直《そっちょく》に言って私は、経営の『社会的責任』について論じた歴史的人物の中で、かの偉

大な明治を築いた偉大な人物の一人である渋沢栄一の右に出るものを知らない」(『マネジメント』序文)

昔の青年は、良師を選ぶということに非常に苦心した

渋沢栄一の代表作『論語と算盤』については、すでに何度か触れたが、実は本書は、渋沢が幕末・明治初期に活躍した陽明学者・東沢瀉《ひがしたくしゃ》の嗣子(跡継ぎ)で、同じく陽明学者の東敬治《ひがしけいじ》主宰の「陽明学会」に積極的に関わっていた時期に書かれたものだった。「陽明学会」については後述する。

その影響もあるからだろう、『論語と算盤』には、陽明学に関する次のような言葉が散見される。※( )内は筆者注。

「修養は人を卑屈《ひくつ》にするというは、礼節敬虔《けいけん》などを無視するより来る妄説と思う、およそ孝悌《こうてい》忠信仁義道徳は日常の修養から得らるるので、決して愚昧《ぐまい》卑屈でその域に達する

ものではない、大学の致知格物《ちちかくぶつ》も、王陽明の致良知《ちりょうち》も、やはり修養である、修養は士人形を造るようなものではない、かえって己れの良知を増し、己れの霊光を発揚するのである、修養を積めば積むほど、その人は事に当り物に接して善悪が明瞭になって来るから、取捨去就《しゅしゃきょしゅう》に際して惑わず、しかもその裁決が流るるごとくになって来るのである」

（「人格と修養」）

「昔の青年は良師を選ぶということに非常に苦心したもので、有名な熊沢蕃山《ばんざん》のごときは中江藤樹《とうじゅ》の許へ行ってその門人たらんことを請い願ったが許されず、三日間その軒端《のきば》を去らなかったので、藤樹もその熱誠に感じて、ついに門人にしたという程である」（「教育と情宜」）

「徳川時代においても師弟間の感化力は強かった、その情宜《じょうぎ》（人と付き合う上での人情や誠意）が切実であったということは、試《こころ》みに一例を言わんか、熊沢蕃山が中江藤樹に師事した有様などで分かる、蕃山はあれ程気位の高い人であって、いわゆる威武《いぶ》（権威と武力）に屈せず、富貴に蕩《とう》せずという、天下の諸侯を物の数ともせず、備前侯（岡山藩主・池田光政）に仕えたが、師として敬せられたから、政《まつりごと》を施した位の見識のあった人だが、中江藤樹に向っては真に子供のようになって、三日忍んでそうして弟子たることを得た、その師弟間の情愛の深かったのは、けだし中江藤樹の徳望が人を感化せしめたものと思う、（中略）近世佐藤一斎という人も、よく弟子を感化せしめた」（同）

佐藤一斎とは、江戸後期の陽明学者で昌平坂《しょうへいざか》学問所の儒官（現代の大学学長）のこと。熊沢蕃山、その師の中江藤樹と言えば、いずれも江戸前期の陽明学者である。中江藤樹は、江戸中期頃から日本人では初めて「聖人」と呼ばれた人物であり、以後、「近江聖人」として親しまれて今日に至っており、陽明学を初めて日本に接ぎ木したことから、今では「日本陽明学の祖」とも称されている。

映画『殿、利息でござる！』と日本陽明学

さて、渋沢が積極的に関わったという東敬治《けいじ》の「陽明学会」についてである。

その前に、我が国での陽明学ブームについて触れておきたい。

日本陽明学は、中江藤樹の高弟の熊沢蕃山や淵岡山《ふちこうざん》等の活躍の甲斐あって、江戸前期に一度ブームを迎えている。「忠臣蔵」で知られる赤穂義士の木村岡《おか》衛《え》右門《もん》と吉田忠左《ちゅうざ》衛門《えもん》の両人が陽明学者であったこと、四十七士の義挙を積極的に支援した細井広沢《こうたく》が、当時有名な書家で陽明学者であったことなどが、江戸前期の陽明学ブームを物語って余りあると言っていい。また、藤樹亡き後は、藤樹の高弟の熊沢蕃山と淵岡山が大活躍、二人の名は将軍の耳にまで届くほどであった。


次に徳川吉宗の「享保《きょうほう》の改革」に代表される江戸中期の十八世紀に、二度目のブームを迎えている。この時期を描いた代表作品と言えば、まえがきでも少し触れたが、二〇一六年に公開されてヒットした映画『殿、利息でござる！』（中村義洋監督）であり、

その原作となった磯田道史《みちふみ》『無私の日本人』の一篇の「穀田屋十三郎《こくだや》」である。

映画『殿、利息でござる！』や、その原作本の磯田道史『無私の日本人』をご存じない方のために、以下、ほんの少し紹介しておく。

「穀田屋十三郎」の物語は、十八世紀の仙台藩で実際にあった実に興味深い出来事である。年々さびれる一方の仙台藩の宿場町・吉岡宿《よしおかじゅく》の窮状を救った町人達の記録『国恩記』（栄洲瑞芝・著）を元に、磯田道史の「穀田屋十三郎」が書かれている。

「事実は小説より奇なり」という言葉があるように、実話だと言われなければ、映画を見に行く人は皆無に近かったに違いない。それほど唯物論に毒された現代人には理解も真似もできない、凄い善人たちが主人公なのだ。

今から二百五十年前の江戸時代、吉岡宿（現、宮城県黒川郡大和町）では、重い年貢による貧しさから夜逃げが相次いでいた。このままではいけないと、吉岡宿の商家の穀田屋十三郎は、知恵者の菅原屋篤平治《とくへいじ》から、町を救うアイデアを聞きだす。それは、経営難の藩に大金を貸して利息を得る、という前代未聞の奇策だった。十三郎や篤平治とその仲間たち九人は、「つつしみの掟」を作って守り、必死の思いで節約し、町のため子孫のためと、ある者は全財産を投げ打って、一千両、現在の価値にして約三億円もの大金を集めるのである。そして、藩と交渉するのだが、そう簡単には事は進まなかった。一難去ってまた一難、苦労の末、思いが届き、藩の重役を動かし、吉岡宿は念願だった重い年貢から解放されたのだ。

善人中の善人と言っても過言ではない商人・穀田屋十三郎は、同じく商人で弟の浅野屋甚内《じんない》とともに、幼い頃から父に就いて、日本陽明学者・関一楽《せきいちらく》の『冥加訓《みょうがくん》』の教えを家訓として学んで育ったのである。

関一楽と『冥加訓』については、映画のパンフレットに「浅野屋一家の〈無私の心〉を育んだ〈冥加訓〉」と題してこうある。

「『冥加訓』は、江戸時代中期の儒学者、関一楽（一六四四〜一七三〇）が一七二四（享保九）年に刊行した書だ。その内容は、善を行えば天道にかなって冥加（神仏の助け、加護）があり、悪を行えば天に見放されて罰が与えられる、というもので、身近な例をあげて全五巻にわたり解説されている。人には本来〈冥加〉が備わっており、それが守られるか尽きるかは行い次第。天道にかなう行いをすれば長生きでき、子孫も繁栄するという教えだ。

筆者の関一楽（関幸輔）は備前岡山の医師だったが、一六九六（元禄九）年、豊後岡藩（現在の大分県）に仕える儒者となった。八十歳で『冥加訓』を記し、八十六歳まで生きた。関の出身地、備前は陽明学が盛んな土地だった。陽明学とは中国発祥の儒教の一派で、孟子の性善説に連なり、吉田松陰（一八三〇～五九）や高杉晋作（一八三九～六七）といった幕末維新運動の志士に強い影響を与えたことでも知られる。浅野屋では『冥加訓』は、教育、中国医薬の大家として有名だった儒学者・貝原益軒《かいばらえきけん》（一六三〇～一七一四）の本として伝わっていたという。版元が偽装したようで、陽明学が危険思想として次第に禁止弾圧されていったためとも考えられる。先代から受け継がれた浅野屋一家の無私の心、その源《みなもと》とも言える書である」

文末に、

「版元が偽装したようで、陽明学が危険思想として次第に禁止弾圧されていったためとも考えられる」

とあるが、陽明学が危険思想視されたのは江戸後期の大塩平八郎の乱以後のことであり、十八世紀に、中江藤樹を開祖とする『孝経』重視の日本陽明学が、危険思想視されるはずはない。また、版元が偽装したのは、昨今の日本と同じで、無名の作家では売れないので、有名人の著書という事にして刊行したのである。似た事例は他にもあり、十八世紀の享保期に刊行されたもので、やはり陽明学者の書いた本だということが分かってきた『不亡鈔《ふぼうしょう》』は、儒学者・室鳩巣《むろきゅうそう》の作とされて刊行されていた。

渋沢栄一は明治末に始まる日本史上最大規模の陽明学ブームに一役買った

繰り返しになるが、江戸時代中期の十八世紀が、日本陽明学のピークであった。その後、次第に衰退の一途をたどるも、幕末・明治維新期に三度目の陽明学ブームを迎えるのである。この三度目のブームについては、拙著『志士の流儀』（教育評論社）、『財務の教科書「財政の巨人」山田方谷の原動力』（三五館）に詳しく書いているので、ご一読いただきたい。

そして、明治末期から昭和初期にかけて過去三度のブームを大きく上回る、四度目の陽明学ブームが訪れる。この未曽有の陽明学ブームがあったことを知る人は、今ではほぼゼロに近い。というのも、戦前教育を否定することに躍起となってきた左傾化したマスコミや教科書は、この事実に触れようとはしなかったからだ。

事実、「日本陽明学」について大変詳しい東洋大学名誉教授の吉田公平氏は、「日本に於ける陽明学運動は実は明治・大正・昭和初期が運動量が最も大きかった」（「東敬治編『澤瀉先生逸話籠』の特色」）

と述べておられる。

というわけで、渋沢栄一がその陽明学ブームに大いに一役買っていたことも、もちろん知られることは無かった。

明治末に始まる、日本史上最大規模の陽明学ブームの立役者は、二人いる。一人は、既に触れたが、幕末・明治維新期の陽明学者・東沢瀉《ひがしたくしゃ》の嗣子《しし》の東敬治である。もう一人は、東敬治ほどの影響力は無かったが、吉本襄《のぼる(じょう)》である。

吉本は、号を鉄花《てっか》といい、勝海舟『氷川清和』の編者として知られている。生まれが高知県人であることは分かっているのだが、『高知県人名事典』にもその名は見えず、詳しい経歴は分からない。分かっていることと言えば、陽明学者として鉄華書院を立ち上げて、主幹として機関誌『陽明学』を、明治二十九年七月から同三十三年五月までの間に八〇号にわたり発刊したことと、同社から吉本自身の著書や他の著者の単行本を発刊したことぐらいである。江戸時代には、王学、姚江《ようこう》の学、余姚《よよう》の学などと呼ばれてきた王陽明の思想が、陽明学と呼ばれるようになったのは、この吉本襄の機関誌『陽明学』が刊行されたことが契機であった。

渋沢栄一と東敬治の「陽明学会」

吉本の個人誌と言っても過言ではない『陽明学』とは違い、東敬治の「陽明学会」は、より組織化されたものであった。

渋沢が深く関わった東敬治の「陽明学会」についてである。

実は、「陽明学会」には前身があった。明治三十六（一九〇三）年九月、東は、幕末期の陽明学ブームの立役者の二世や門人達の中尾捨吉、春日仲淵（白水）、宮内默蔵らと共に「王学会」を立ち上げたのである。この動きに呼応したのが、高瀬武次郎、三島復《また》、那智左伝、山田準ら若手で、顧問格に三島中洲や土屋鳳洲《ほうしゅう》らが加わった。

そして明治三十九（一九〇六）年三月から、月刊の機関誌『王学雑誌』を発刊、明治四十一（一九〇八）年には陽明学会と改称、明治四十（一九〇七）年に発足した大阪洗心洞《せんしんどう》学会と連携するなどして組織強化を進め、同年十一月から『陽明学』の刊行をスタートしたのだ。

渋沢と東の関わりについて、町泉寿郎・編著『渋沢栄一は漢学とどう関わったか』に、こうある。一九〇八年当時、渋沢は六十九歳であった。

「渋沢と東《ひがし》の関わりは、陽明学会の強化のために、一九〇八年四・五月に湯島麟祥院《りんしょういん》で有力者を招待した会合を催した際、請われて渋沢が出席したことに始まる」（「第七章　二松学舎と陽明学」）

大阪洗心洞学会は、発足して間もなく洗心洞文庫と大阪陽明学会とに分裂、東敬治は、大阪陽明学会と提携することになる。だが、提携はそう簡単ではなかったようだ。

その辺りの事情についてである。


「二〇世紀初頭の日本の陽明学をめぐる言説は、東西で大きく傾向を異にしていた。大阪陽明学会の『陽明』では一九一〇年七月の創刊当初から、石崎東国が社会主義的な論説を発表し、その〈中江兆民伝〉で幸徳秋水・奥宮健之《おくみやけんし》に言及したところ（一九一〇年一〇月）、井上哲次郎がすぐに反応して〈破壊思想と陽明学〉を発表してこれを危険視したほどであった。

大阪の『陽明』（一九一九年以降『陽明主義』）には石崎や池田久米郎らの社会主義的な論説と、全く相反する高瀬武次郎らの論説が同居していた。東や高瀬は日本を危険思想から守る〈防共の砦〉と考えて陽明学を唱道するのだが、これを正面から批判する者が同じく陽明学を標榜し、それらが往々に同一紙面に併存していたのである。

渋沢はこうした陽明学をめぐる相反する状況を十分認識していたはずである」（同）

続けてこうある。

「その後の第一次世界大戦中の物価高騰は陽明学会を経営難に追い込んだが、渋沢は東になお雑誌の刊行継続を言明している。一九二一年からは陽明学会への支援を更に手厚くし、新たに賛助会を設立して、三月には自邸で春季大会を開催している。

その日渋沢は中国人から贈られた『陽明先生全書』の会読を提案し、一九二二年五月から毎月第二・第四土曜に日本橋兜町の渋沢事務所を会場として〈陽明全書講読会〉を開催した。東はこれに応えて、王陽明の年譜を購読することを通して陽明学の生きた姿を提示しようとした。春季大会席上の渋沢の挨拶は、基本路線は従来と変わらぬものの、腰を据えて地味な購読をすることの意義に言及している点、晩年の渋沢の活動を考える上で興味深い」（同）

渋沢は、当時新しい思想として盛んになりつつあった社会主義思想を警戒し、古風で地味に思われる陽明学を支持したのである。

陽明学を支持すると同時に、渋沢が孔子を尊崇し、一九〇七年に湯島聖堂の「聖堂保存会」を自ら組織し、「孔子祭典会」を主催して三十年間廃絶となっていた孔子祭を復活させ、その後「孔子祭典会」と孔子の精神を継承する儒教団体「斯文会《しぶんかい》」を合併させ、「斯文会」の活動に積極的に関わっていったことなども、忘れるわけにはいかない。

そろそろ紙幅も尽きてきたが、これは余談である。渋沢が保存と孔子祭の復興に尽力した湯島聖堂は、その後、大正十二（一九二三）年の関東大震災で焼失する。損害額は一万六三二〇円にのぼったという。震災当時八十四歳の渋沢は、聖堂復興のために力を尽くし、福島甲子三《かしぞう》の述懐によれば、「莫大な金額（金五万円）」を寄付したという。聖堂は、渋沢没後四年が経った昭和十（一九三五）年に完成した。余談ついでの話。大正初期と震災後では、貨幣価値に随分落差があり、震災後は価値が初期の半分弱になってしまっているが、おおざっぱに言えば、当時一万円あれば家が買えたという。

中国に逆輸入され、多大な影響を与えた日本陽明学

明治末から昭和初めにかけての未曽有の陽明学ブームは、中国人にも多大な影響を与

えている。例えば明治期に、中国からの留学生が増加の一途をたどるが、明治末に日本に留学した蒋介石や梁啓超《りょうけいちょう》、汪兆銘《おうちょうめい》らに代表されるように、日本人の多くが王陽明の『伝習録』を愛読している事を知って驚き、陽明学を中国に逆輸入するのである。反共の政治家でのち弁護士となった伍澄宇なども陽明学に傾倒しているが、やはり他の留学生同様、日本留学中に陽明学を知ったのに違いない。ただし、汪兆銘の場合は、父親から陽明学を学んで育っているが、革命哲学としての陽明学に気づくのは、日本に留学してからのことと思われる。

つい数年前の「サーチナ」（モーニングスター〈株〉が運営している、中華人民共和国情報などを紹介するサイト）の記事にも、こうある。

「蒋介石がかつて

〈日本留学中、列車でも船でも多くの日本人が王陽明の『伝習録』を読み、精神を集中させて思索に耽っていた〉

とし、本人も書店に駆け込んで王陽明の著作を買いこみ研究するようになったと語った」（「日本人が最も崇拝してきた古代中国の偉人、多くの中国人が聞いたことのない人

物だった＝中国メディア」サーチナ 二〇一六年十一月二十九日）

渋沢の葬儀には、皇室から勅使が遣わされ、四万人の人々が葬列を見送った

渋沢は、昭和六（一九三一）年、九十二歳で亡くなった。皇室から勅使が差し遣わされ、孫の渋沢敬三が喪主を務めた青山斎場での葬儀に際し、自宅のある飛鳥山から青山までの沿道で、四万の人々が葬送の車列を見送ったという。

私が個人的に気に入っている渋沢の言葉をいくつか披露し、本書を終わりとさせて頂く。

「わしはお前方に、敢《あ》えて傑出した人物になってくれとはいわんよ。しかし善良な国民には是非ともなって貰《もら》わねばならんのだ。善良な国民になることは傑出する妨《さまた》げにはならんのだ」（犬養健他『父の映像』渋沢秀雄「渋沢栄一」）

「私の主義は誠意誠心、何事も誠をもって律すると言うよりほか何物もないのである」

（『論語と算盤』「処世と信条」）

「小が積んで次第に大となる。（中略）世の中に大事とか小事とかいうものはない道理、大事小事の別を立ててとやかくいうのは、畢竟《ひっきょう》君子の道であるまいと余は判断するのである。故に大事たると小事たるとの別なく、およそ事に当っては同一の態度、同一の思慮をもってこれを処理するようにしたいものである」（同）

「孔孟の訓《おし》えが〈義利合一〉であることは、四書を一読する者の直《ただ》ちに発見するところである」（同「仁義と富貴」）

昭和２（1927）年、来日した米国の著述家Ｗ・Ｅ・グリフィス（前列中央左）と渋沢栄一。曖依村荘にて（渋沢史料館所蔵）

あとがき

渋沢栄一についてあれこれ調べれば調べるほど、多岐にわたる業績とその巨人ぶりには正直たじたじとなった。本書執筆のために十六年ぶりに渋沢史料館を訪ねて、お話を聞かせて頂いた副館長の桑原功一氏も、渋沢の偉大な業績を前にすると圧倒されるなどと、私と同じような感想を口にしておられた。

私から、開口一番、桑原副館長にお訊ねしたのは、漂泊の陽明学者・菊池菊城の遺品のことだった。実は、月刊雑誌「国会ニュース」の連載記事を書いていた当時、菊池の遺品を所有した方のご子孫の存在を聞き知り、是非、拝見したいとの趣旨を記した手紙を添えて拙著を郵送させて頂いたことがあった。だが、手紙を読んだ形跡こそあったもの の、拙著ごと突き返されてしまい、それっきりになっていたのである。菊池の遺品の中には、『論語』についての菊池の一文があったことは、本文で触れさせて頂いた。

桑原副館長によれば、遺品をお持ちの方とはコンタクトしたことは無いとのことで、若《も》しかしたら、との私のささやかな望みは打ち砕かれた。

かつて私が渋沢史料館をお訪ねしたときにお会いした井上潤館長は、既に引退されていたが、本稿の「はじめに」の執筆中に、その井上氏が渋沢栄一とドラッカーについて触れている記事を見つけることができたのは、幸運だった。

ネット上の「鳥澤悟道《とりさわごどう》 自然 精神 身体 ブログ」にある『対談者 渋沢栄一記念館館長井上潤氏「民の力を結集して震災復興を 日本経済の父 渋沢栄一が挑んだ復興事業」』と題された対談記事に、こうあった。

井上氏「経営の神様が資本主義の父を讃えるという（笑）ドラッカーは産業革命において、西欧諸国が旧来のものを全く無くして行ったことに対し、江戸時代からの人材・技術などをうまく活用し、新しい時代を築いた点で、日本の明治維新を高く評価していました。そして、そのリーダーとして台頭していたのが渋沢栄一ということで称賛しているんです。ドラッカーは、

〈渋沢は一級の思想家であるとともに、一級の行動者である〉

という言葉も残しています」

渋沢栄一の研究者による実に貴重な一言ではないか。

本文中で言い忘れたことが三つある。

一つには、これには驚かされたのだが、渋沢栄一が昭和二年に来日したウィリアム・エリオット・グリフィス（一八四三〜一九二八）と会っていたこと。W・E・グリフィスと言えば、名著『ミカドー日本の内なる力』（岩波文庫）の著者として知られている。明治初期にお雇い外国人として来日、滞在中に明治の元勲の多くが陽明学を奉じていたことを知って驚き、陽明学研究に着手、英語で論文を書いた程なのだ。論文を書いた迄は分かっているのだが、残念ながら、現物は見つかっていない。渋沢は、明治期に面識があったと思われる。

二つめは、日本陽明学の関一楽『冥加訓』のこと。本書は、大分県から現代語訳が出版されている。元・竹田市立図書館長の本田耕一氏ら「冥加訓を読む会」が、一年がかりで現代語訳に取り組んだのだという。一冊千円（送料別）で、竹田観光ツーリズム協会竹田支部（☎0974・63・2638）で取り扱っているとのこと。

三つめは、映画『紅い襷《たすき》〜富岡製糸場物語〜』についてである。富岡製糸場については本文中で触れたので説明は不要だと思うが、尾高惇忠《おだかじゅんちゅう》はもちろん、渋沢栄一も登場するこの映画は、二〇一七年に富岡市が企画製作し、足立内仁章《あだちさとし》監督によって映画化されたものである。ＤＶＤでの入手ができない現状だが、その後何度か再上映されているので、機会があればぜひご覧頂きたい。

十六年ぶりに本稿を読み直し、本文原稿の末尾に締めの一文を加筆させて頂き、ふと思ったことがある。私が知る限りでは、渋沢栄一は、何故か「致良知」や「良知」について触れることは無かったようなのだ。

というのも、多忙過ぎる『論語』信者の渋沢にとって、陽明学左派的理解は、「小事即大事、大事即小事」に垣間見ることができる程度で、陽明学理解をさらに考究し深める心の余裕は無かったのではないだろうか。それとも、自己修養のツールは、『論語』で十分だとの確信があったのかもしれない。

その晩年に「三教一致」を唱えたとはいえ、渋沢が儒学、つまり『論語』を最も重視し、江戸幕府の崩壊と共に忘れ去られていく一方の儒学の再興に尽力しつつ、「士魂商才（論語と算盤説）」をモットーに公益を追求し、刮目《かつもく》に値する実績を残したことは、意義深いことではないだろうか。今から２５００年以上も大昔に生きた孔子の言行録『論語』が、未だに有効であることを、渋沢栄一は身をもって教えてくれたのである。我が国と同じ儒教文化圏の中国や韓国には、渋沢のような大実業家は未だ顕れていないに違いない。『論語』を愛読したことで知られる日本人は、菊池菊城や、その門人の小島鹿之助の例にあるように、ある意味枚挙に暇《いとま》がない。今ざっと思い浮かぶだけでも、加藤清正、徳川家康、徳川綱吉、伊藤仁斎、湯川秀樹、桑原武夫、下村湖人、吉川幸次郎、北尾吉孝らを挙げることができる。
『論語』並びに私の愛読書『伝習録』の一読をお薦めして、本書の「あとがき」を終わらせて頂く。

本書執筆に当たっては、かつて、渋沢史料館の元館長の井上潤氏をはじめ、小島資料館（東京都町田市小野路町九五〇）の小島政孝館長には多大なご協力を頂いた。渋沢史料館副館長の桑原功一氏、尾高惇忠の研究家の荻野勝正氏、一般財団法人・京都フォーラム理事長の矢崎勝彦氏、京都産業大学教授の吉田和男氏、修養団の故・中山靖雄先生、九州大学名誉教授の故・岡田武彦先生にも、心から御礼を申し上げたい。菊池菊城に関する大変貴重な資料は、昭和五十八年頃から六十年代にかけての植村喜代子氏や吉岡重《じゅう》三《じょう》氏らの調査による賜物といっていい。吉岡氏は、昭和五十八年当時八十歳であった。お二人に、この場を借りて衷心より御礼を申し上げる。

文芸評論家の小川榮太郎先生には、拙著『新装版・真説「陽明学」入門』に続いて、この度も、大変ご多用中にも拘わらず解説文を書いて頂いた。身に余る光栄と、深く感謝の意を表させて頂きたい。解説文を一読した妻は、「嬉しくて有難くて涙が出た」と言って喜んだ。

本書は、「月刊国会ニュース」に連載したものに加筆修正を加えたものである。同誌は、もう存在していないが、かつての同誌編集部の皆さんにこの場をお借りして御礼を申し上げる。

本作品の刊行をご快諾下さった（株）ワニ・プラスの佐藤俊彦代表取締役に深く感謝の意を表するとともに、私の遅筆ぶりに御忍耐くださり、新書化にご尽力下さった同社編集部の宮﨑洋一編集長並びに校閲スタッフの皆さんに慎みて御礼申し上げる。
本書を、私のペンネームの名付け親で、歌手・俳優の美輪明宏氏に捧げる。

令和元年六月　　埼玉県さいたま市の寓居にて

『渋沢栄一と陽明学』解説　小川榮太郎（文藝評論家）

経済的成功を望んでいる若者たち、そして現在日本を動かしているエリートの諸氏に、是非一読して欲しい一書が出た。

前著『新装版・真説「陽明学」入門』に続く、林田明大復活第二弾『渋沢栄一と陽明学』は正にそういう本である。

折しも、近代日本資本主義の父、渋沢栄一が令和六（二〇二四）年からの新紙幣における一万円札の肖像に選ばれた直後の刊行となる。令和新時代と共に、日本近代最大の思想的バックボーンと言える福沢諭吉から、日本経済の再生を祈念するかのように、渋沢栄一に紙幣が切り替わる。確かに、渋沢は、五百もの会社、六百もの無償の慈善事業に関わることによって日本の資本主義を世界最強システムの一つに育て上げた近代経済の原点である。だが、福沢の思想の深さ、豊かさを、この三十年間日本人が無駄にし続けた挙げ句、紙幣の顔だけ渋沢栄一に切り替えたところで、日本経済の再生はあるべくもなかろう。

渋沢とは何者だったのか――令和と共に問われねばならないのは、正にその事だ。本書はその重要な手引きとなる。

尤《もっと》も急いで断っておかねばならないが、本書は渋沢栄一の評伝ではない。渋沢その人の生涯を知りたければ、適切な本は他に幾らでもある。本書は、世に数多ある渋沢伝とは違い、渋沢に縁のあった幕末から昭和期にかけての陽明学者や志士たちの小さな伝記の集積だ。思い出したように渋沢その人に筆が戻る。だが、渋沢から逸脱し続ける枝葉こそが本文と言える。

この本は、渋沢その人の功績を辿る伝記ではなく渋沢の精神的バックボーンに関する物語なのである。若きエリート諸君に是非本書を繙《ひもと》いて欲しい理由もそこにある。渋沢が何を為したかは、いわば周知の事である。が、もし人が第二の渋沢、第三の渋沢を目指すならば、彼が如何《いか》なる精神的バックボーンの中で生まれ育ち、彼の精神を育んだのはどんな人達だったのかを知り求めようとしない限り、それは望むべくもないだろう。

林田氏は、前著『新装版・真説「陽明学」入門』でも、陽明学の学術的な研究書ではなく、あくまでも現実に人生を生きる上で役立つハウツーとしての陽明学を深みのある形で語ったのだった。その伝で、本書も又、渋沢栄一という偉大な経済人が生まれた精神的ルーツへの具体的な案内書なのである。

本書前半は、若き渋沢に影響を及ぼした幕末から昭和にかけての陽明学徒たちの伝記だ。菊池菊城、尾高惇忠、梁川星巌、そしてその師、山本北山らが丁寧に掘り起こされる。幕末精神史の豊かな枝ぶりを掘り起こす貴重な労作だ。

山本北山について、51ページから引いておこうか。

「その人となりは豪邁卓絶《ごうまいたくぜつ》、慷慨気節《こうがいきせつ》を尚《とうと》び、諾を重んじ財を軽んじ、すこぶる古侠士《こきょうし》の風があり自ら「儒中侠《じゅちゅうきょう》」と称したという」

こういう文章も、人物像も、今や死物と化したと言わねばならないのだろうか。だが、もしそうなら、それは日本人の死であり、日本人の魅力の死であると言う他あるまい。豪邁卓絶――なんと豊かな四字熟語であろうか。豪壮剛毅にして高邁な理想を抱くそのような男たちが鎬《しのぎ》を削っていた時代。だが、彼らはいかにして「豪邁卓絶」となったのか。彼らを練りに練り上げたのは、『論語』を始めとする四書であり陽明学であったと、林田氏は再三説く。

当時の学問は、単なる知識人・学者を生み出すシステムではなかった。言うまでもなく、四書と陽明学が育んだ英傑たちは、幕末の動乱を収め、明治維新を成功させ、丁髷《ちょんまげ》と木と紙でできた江戸文明を、たった二十年で立憲君主制――国会と憲法を作り出し民主制を維持する事には今日でも殆《ほとん》どの国が成功していない――と、鉄と電気の国に変えた当の本人たちだ。その途方もない飛躍を可能にした人材を養成したのが、西洋型の大学システムではなく、『論語』であり陽明学だったとしたら、日本が近代化の中で、それを捨てることに如何ほどの合理性があったのだろうか。

林田氏が描く渋沢は、陽明学を修めた優れた先人たちに揉みに揉まれながら成功者となってゆく。ライバルだった三菱創業者の岩崎弥太郎も、陽明学の影響を受けながら、切磋琢磨し、或いは血みどろの経済戦争を演じつつ、日本資本主義を練り上げて行く。

こうした『論語』と陽明学の徒たちは、たった二十年で憲政と科学国家を生み出しただけではない。列強による植民地争奪戦の最終局面という、最も凶暴で危険な時代に、日清戦争、日露戦争、第一次世界大戦を制し、満州事変、支那事変で中国大陸を席巻し、アメリカとの戦争に至る世界史上最大の戦争を戦い得る国家を作り出したのだった。言うまでもなくこの戦争は不幸な敗戦に終る。その敗北過程に無数の反省すべき点があったことは事実である。

だが、敗戦だけならあらゆる大国が何度も経験してきた事に過ぎない。日本を下したアメリカは、その後ベトナム戦争で事実上敗北し、近年では極小集団であるウサマ・ビンラディンらの一党に、脆《もろ》くも経済と軍事の中枢を破壊されている。

日本が今日まで引きずって来た「反省ごっこ」を離れ、世界史の大海原に立ってみよう。白村江の戦いで半島・大陸から撤退した後、蒙古襲来と秀吉の朝鮮出兵を除けば、海外の圧倒的な力と軍事的に接触する機会のなかった島国日本が、大日本帝国時代の七十年間に為したことの世界史的な大きさに気付かされることだろう。白人列強の熾烈な戦いにアジアの一角から参じて世界秩序を根底から変え、植民地支配とブロック経済の時代をぶち壊し、アジア、アフリカ諸国が国際政治に参加する道を開いた。英米対独伊の戦争だけだったならそんな事は不可能だったのである。

この巨大な世界史への参加は単なる制度が為した事でもなければ、技術力が為した事でもない。当時の日本人たちが、その人間力を挙げて為した事だ。

その奇跡の時代の経済的足腰を構築したのが渋沢だった。そして、その渋沢は、近代的価値観や西洋の学問の側にはいなかった、肝はここにある。

彼は徹底的な『論語』の徒だった。

林田氏が活写するように、渋沢は「論語と算盤」という経済倫理思想を提唱し、義理と利益は一体のものだという商業観を生涯説き続けた。『論語』こそが経営の教師だと口を酸っぱくして説き続けた。

こうした渋沢の経営思想を称賛してやまなかったのは二十世紀後半を代表する経営学者ピーター・F・ドラッカーだ。本書225〜226ページには、ドラッカーの次のような言葉が紹介されている。

「渋沢はビジネスに儒教の道徳を注入してそれを飼い慣らそうとした。そして、第二次世界大戦以後に成長した日本の大企業は、渋沢の理想によるところが大きい」

「率直に言って私は、経営の『社会的責任』について論じた歴史的人物の中で、かの偉大な明治を築いた偉大な人物の一人である渋沢栄一の右に出るものを知らない」。

これらは、欧米著名人による日本称賛のお世辞だと受け取るべきではない。ドラッカーは令和日本の我々にとって死活的に重要なことを指摘しているのである。

渋沢は昭和六（一九三一）年に死んでいるが、ドラッカーによれば、第二次世界大戦後の日本経済の奇跡は、渋沢の遺産によると言うのである。

それは何を意味するか。

戦後日本経済の成功は『論語』と陽明学の遺産だったという事ではないのか。

ドラッカーは単なるシステムだけを論じているのではなく、経済思想の点で渋沢を世界経営史上の重要人物と認めているのだから、この言い方は何らの誇張もあるまい。

ではその奇跡の第二次世界大戦後、日本の経営者が精神的指導者として仰ぎ続けたのは誰だったか。

これ又、陽明学者の安岡正篤だったではないか。

ではその安岡正篤はいつ没したか。昭和五十八（一九八三）年である。

それでは日本経済の没落はいつから始まったのか。平成二（一九九〇）年のバブル崩壊、安岡の没後七年目からである。

私は何も、厳密に渋沢栄一、安岡正篤ら古人の生没年を、日本の経済の成長期と衰退期に対応させるつもりはない。しかし、渋沢＝安岡に象徴される「儒教資本主義」の系譜が日本の経営者に与えた巨大な影響の消長と、日本経済の盛衰が重なっている事を偶然と片付けるのは、明らかに大きな誤りだろう。

我が国は、大東亜戦争敗戦という一大過失を除き、平成初期まで奇跡の勝利を重ねてきた。ところが、平成三十年を経た後、今や日本は永久敗戦国家に転落しつつある。平成元（一九八九）年以後の日本のＧＤＰ成長率は1・6倍、アメリカは2・8倍、中国に至っては30倍を超える。中国は貧困国から経済大国に急変貌したのだから、同時期の日本が同じ成長率を示す必要はないが、日本の停滞が著しいのも数字から明らかだ。世界経済は今、金融とITにおける寡占状況を軸に、少人数の成功者のボロ儲けにより牽引されている。ドラッカーや渋沢が見れば慨嘆しきりな有様であろう。が、これは決して永続しない。全体の利益に還元されない富の寡占支配は、必ず大衆の残酷な暴力によって転覆する。これは、歴史の法則だからである。

だからこそ、令和日本の再生は、全体の利益を図る節度ある経済に、我が国が勝利した「儒教資本主義」の精神に、活路を見出すべきではないのか。

私たちは成功体験に戻らなければいけない。それは、渋沢栄一、安岡正篤、松下幸之助、本田宗一郎らの精神的ヴィジョンの謙虚な学び直しに始まる。

経営と道徳は一致すると渋沢は説き、その軸には『論語』があり、渋沢の師は皆陽明学者だった。

戻るべき成功の原点があるとは、何と有難い事ではあるまいか。

参考文献

●単行本

・佐藤一斎『言志四録』全四巻、講談社、一九七八年〜一九八一年
・永冨青地『王守仁著作の文献学的研究』汲古書院、二〇〇七年
・岡田武彦『王陽明大伝』全五巻、明徳出版社、二〇〇二年〜二〇〇五年
・吉田和男『桜の下の陽明学』清流出版、一九九九年
・吉田和男『日本人の心を育てた陽明学』恒星出版、二〇〇二年
・蔡焜燦『台湾人と日本精神』小学館、二〇〇一年
・渋沢栄一『論語と算盤』国書刊行会、一九八五年
・深澤賢治『澁澤論語をよむ』明徳出版社、一九九六年
・渋沢栄一『論語を活かす』明徳出版社、一九九八年
・渋沢研究会編『公益の追求者・渋沢栄一』山川出版社、一九九九年
・嶋岡晨『志士たちの詩』講談社、一九七九年
・荻野勝正『尾高惇忠』さきたま出版会、一九八四年
・荻野勝正『尾高惇忠　富岡製糸場の初代場長』さきたま出版会、二〇一五年
・荻野勝正『郷土の先人　尾高惇忠』博字堂、二〇〇六年
・溝口雄三訳『王陽明　伝習録』中央公論新社、二〇〇五年

・塚原蓼洲著、吉岡重三訳『新藍香翁』青淵澁沢栄一記念事業協賛会、一九七九年
・渡部昇一『渡部昇一の昭和史』ワック、二〇〇三年
・嶋岡晨『実業の詩人・岩崎弥太郎』名著刊行会、一九八五年
・佐野眞一『渋沢家三代』文藝春秋、一九九八年
・寺石正路『土佐偉人伝』歴史図書社、一九七六年
・森銑三『偉人暦』続編下、中央公論社、一九九七年
・三島正明『最後の儒者　三島中洲』明徳出版社、一九九八年
・中田勝『三島中洲』明徳出版社、一九九〇年
・金谷治訳注『大学・中庸』岩波書店、一九九八年
・北室正枝『雅遊人　細野燕台の生涯』里文出版、一九八九年
・三島中洲『中洲講話』文華堂、一九〇九年
・青山一真『丸山敏雄先生の生涯』新世書房、一九五六年
・『わが国社会教育の源流　修養団運動八十年史』財団法人修養団、一九八五年
・新渡戸稲造著、須知徳平訳『武士道』講談社インターナショナル、一九九八年
・後藤静香『権威』社会教育団体心の家、一九二一年
・下村湖人『次郎物語』上・下、講談社、一九八九年
・下村湖人『この人を見よ―田沢義鋪の生涯』田沢義鋪顕彰会、一九六六年
・下村湖人『論語物語』講談社、一九八一年
・谷沢栄一『日本人の論語「童子問」を読む』上・下、ＰＨＰ研究所、二〇〇二年

・リチャード・パネク著、伊藤和子訳『望遠鏡が宇宙を変えた、見ることと信じること』東京書籍、二〇〇一年
・大久保彦左衛門著、小林賢章訳『三河物語』上・下、ニュートンプレス、一九八〇年
・戸川芳郎編『三島中洲の学芸とその生涯』雄山閣出版、一九九九年
・犬養健他『父の映像』筑摩書房、一九八八年
・小路口聡編『語り合う〈良知〉たち　王龍溪の良知心学と講学活動』研文出版、二〇一八年
・長幸男校注『雨夜譚　渋沢栄一自伝』岩波書店、一九八四年
・島田昌和『渋沢栄一　社会企業家の先駆者』岩波書店、二〇一一年
・渋沢栄一『論語講義』①〜⑦、講談社、一九七七年
・渋沢華子『徳川慶喜最後の寵臣渋沢栄一　そしてその一族の人びと』国書刊行会、一九九七年
・磯田道史『無私の日本人』文藝春秋、二〇一五年
・林田明大『新装版・真説「陽明学」入門』ワニ・プラス、二〇一九年
・吉田公平、小山國三『中江藤樹の心学と会津・喜多方』研文出版、二〇一八年
・木村光徳『日本陽明学派の研究、藤樹学派の思想とその資料』明徳出版社、一九八六年
・山本七平『渋沢栄一　近代の創造』祥伝社、二〇〇九年
・北康利『銀行王　安田善次郎』新潮社、二〇一三年
・井上潤『渋沢栄一』山川出版社、二〇一二年
・岡田武彦『王陽明大伝』一〜五巻、明徳出版社、二〇〇二年〜二〇〇五年
・町泉寿郎・編著『渋沢栄一は漢学とどう関わったか』ミネルヴァ書房、二〇一七年

●雑誌・冊子・辞書類他

・『高知県人名事典・新版』高知新聞社、一九九九年九月
・宮崎十三八、安岡昭男『幕末維新人名事典』新人物往来社、一九九四年二月
・『日本人名大事典』全七巻、平凡社、一九七九年七月
・『常設展示図録　渋沢史料館』渋沢史料館、二〇〇〇年十一月
・『週刊マンガ日本史〈改訂版〉79　渋沢栄一』朝日新聞出版、二〇一六年九月
・『本多静六通信第八号、収載・菊池菊城研究』本多静六博士を記念する会（菖蒲町役場企画課）、一九九六年十二月
・『青淵』昭和五十九年五月号、財団法人渋沢栄一記念財団
・『青淵』昭和六十年四月号、財団法人渋沢栄一記念財団
・『幕末史研究　二十九号』三十一人会、一九九〇年十二月
・『文藝春秋』二〇〇三年七月号、文藝春秋
・『清風掃々／創刊号』日本を美しくする会情報誌編集委員会、一九九七年十月
・『一個人『論語』入門』一月号、ＫＫベストセラーズ、二〇一二年十一月
・『殿、利息でござる！』松竹株式会社事業部、二〇一六年五月

渋沢栄一と陽明学

「日本近代化の父」の人生と経営哲学を支えた学問

著者 林田明大

２０１９年９月10日 初版発行

林田明大（はやしだ・あきお）
作家・陽明学研究家。１９５２年長崎県生まれ。実践哲学としての王陽明の思想と、日本の禅、ゲーテやR・シュタイナーらの思想とを比較融合させた独自の視点による研究で知られる。その研究成果を、94年に『真説「陽明学」入門』として上梓。97年に「国際陽明学京都会議」に実践部会を代表して登壇。陽明学の実践体得に努めながら、現代人向けの活きたテキストを数多く手がけている。著書に前掲書の新装版である『新装版・真説「陽明学」入門』（ワニ・プラス）、『評伝・中江藤樹』『真説「伝習録」入門』『イヤな「仕事」もニッコリやれる陽明学』（いずれも三五館）、『山田方谷の思想を巡って』（明徳出版社）、『志士の流儀』（教育評論社）など。越川禮子氏との共著に『「江戸しぐさ」完全理解』（三五館）などがある。

発行者 佐藤俊彦
発行所 株式会社ワニ・プラス
〒１５０－８４８２
東京都渋谷区恵比寿４－４－９ えびす大黑ビル７F
電話 ０３－５４４９－２１７１（編集）
発売元 株式会社ワニブックス
〒１５０－８４８２
東京都渋谷区恵比寿４－４－９ えびす大黑ビル
電話 ０３－５４４９－２７１１（代表）
装丁 橘田浩志（アティック）、柏原宗績
印刷・製本所 大日本印刷株式会社

ISBN 978-4-8470-6155-4
ワニブックスHP https://www.wani.co.jp